내가 흘린 눈물은 꽃이 되었다

내가 흘린 눈물은 꽃이 되었다

이광기 지음

(주)다연
DAYEONBOOK

추천사

살면서 결코 겪어서는 안 될 그 큰 아픔을 이처럼 숭고한 사랑과 봉사 실천으로 승화해 나아가는 저력은 어디에서 나오는 것일까? 오늘 이광기는 우리를 숙연하게 한다. 천연한 끼와 미소, 뜨거운 열정, 긍정의 에너지를 품은 그……. 내가 아는 이광기는 '발랄 오뚜기'이다. 이 책은 이런 그를 만나게 한다.

_김종규(한국박물관협회 명예회장, 문화유산국민신탁 이사장)

아들을 잃은 애통함은 누구도 채울 수 없는 상실이다. 하지만 저자는 그 애통함에 머물지 않고 가까이 있는 시든 꽃과 멀리 있는 봉오리들을 살렸다. 그가 외아들을 잃은 아버지를 만났기 때문이다. 다시 살아난 생명의 화관을 보았기 때문이다. 이 팬데믹 시대에, 누구도 길들일 수 없는 애통함에 젖어 있는 나그네들에게 눈물이 꽃이 된 그의 기록은 참으로 귀한 선물이다. 아, 하나님! 주님 앞에 주저앉아서 눈꼬리가 짓무르도록 울던 한 영혼을 어찌 이토록 아름답게 빚어가시는지요.

_조정민(베이직교회 담임목사)

살면서 누구나 아픈 일을 겪어내고 또 눈물을 흘린다. 딱딱해져가는 세상 밭에 눈물을 흘릴 수 있다는 것만으로도 어찌 보면 감사한 일이 되어버린 우리의 막막한 이 시절……. 이 책은 내 아픈 눈물이 꽃이 되어 누군가의 가슴에 희망을 피우고 열매 맺기를 바라는 작가의 '눈물로 씨를 뿌리는 수고'가 고스란히 담겨 있다. 이 책을 통해 '끼쟁이' 이광기 씨의 따스하고도 초롱한 눈빛을 마주해보자.

_정애리(탤런트, 영화배우)

아들을 잃은 광기를 만났다. 훔치고 또 훔쳐도 흐르는 눈물을 어쩌지 못하는 광기를 보며 '일어날 수 있을까? 다시 회복할 수 있을까?' 싶었다. 그런데 그가 일어나서 하나님의 심부름꾼이 되었다. 그를 일으킨 건 떠나간 아들이었다. 마음에 묻은 그 아들이 가슴에서 자라면서 아빠를 어른으로 만들어줬다. 세상 살면서 안 힘든 사람이 어디 있겠나. 지금 지쳐 있는 그분들에게 이 책을 희망으로 보내고 싶다.

_이성미(개그맨, MC)

눈물, 눈물, 눈물……. 이광기 집사의 첫 번째 간증에서 상남자의 뜨거운 눈물은 멈추지 않았다. 아들 석규를 잃은 아빠의 눈물은 뜨거운 온천수처럼 쏟아져 나왔다. 모든 성도가 같이 울었다. 그의 간증으로 말미암아 온 교회에 자녀 사랑의 불이 타올랐다. 그리고 석규를 생각하면서 온 세계의 어린이를 사랑하게 되었다. 어린 아들 석규와 아빠의 사랑 이야기는 지금 이 시기에 우리 모두에게 보내는 큰 선물이다.

_최남수(의정부 광명교회 담임목사)

이광기는 재능이 많다. 항상 유쾌하고 부지런하다. 그래서 그의 주변엔 늘 사람이 넘쳐난다. 그런 그에게 형언할 수 없는 아픔이 다가왔다. 사람들이 그에게 해줄 수 있는 것은 기도밖에 없었다. 감당할 수 없는 시련을 그가 이겨내길……. 결국 그는 사람들의 간절한 바람대로 일어났다. 석규와의 아름다운 시간을 가슴에 묻고 더 큰 사람으로 거듭났고, 날마다 많은 이에게 나눠주고자 노력하고 있다. 이 책에는 그런 이광기의 진짜 삶이 녹아 있다.

_김구라(개그맨, MC)

무명 시절 사랑으로 챙겨주고 다독여준 큰 산 같은 존재, 어둠 속에서 빛이 되어준 태양 같은 존재, 그는 나에게 그런 존재다. 내가 만난 사람 중 가장 순수하고 맑은 영혼을 가진 어른 소년 이광기! 끊임없이 노력하면서 나눔을 실천하는 광기 형이 나는 참 좋다! 이 책에는 그런 형의 인생이 온전히 스며들어 있다.

_박구윤(가수)

눈물로 묻은 가슴에 '꽃'이 피었다

해마다 11월이 오면 가슴이 아린다.
2009년, 일곱 살이던 외동아들 석규가 하늘에 별이 된 그달이
니까.

녀석이 지금 우리와 함께 있다면 고등학교 3학년,
한창 입시를 준비하고 있었을 터.
매일 밤낮으로 우리 부부도 누구 못지않게 입시 준비를 도왔
을 텐데…….

아들이 떠난 지 올해로 12년이다.
시간은 정말 순식간에 흘렀지만,
여전히 가슴 한쪽이 쓰리다.
이, 석, 규.
이름 석 자는 언제나 내 눈을 촉촉하게 적시는 그리움이다.

우리 가족은 한때 눈물로 얼룩진 시든 꽃이었다.

하나가 시들면 주변의 꽃도 함께 지듯이,
석규를 잃고 하루하루 메말라갔다.

아들의 숨결이 느껴지는 장난감과 속옷조차 버리지 못했다.
천천히 치유해야 할 숙제 같은 것들이라 강제로 떠나보내고
싶진 않다.

그래도 슬픔을 사랑으로 아름답게 꽃피우려 한다.

여전히 아들의 사랑스러운 모습을 추억하며 늘 아들의 부재에
눈물이 흐르지만,
이제는 슬픔을 사랑으로 아름답게 피우려 한다.

내가 흘린 눈물만큼 다른 사람의 눈물을 따뜻하게 닦아주고
사랑을 나누는 것이 아들이 바라는 아버지의 모습일 테니까.

아들아!
선물 같은 내 아들아, 너는 꽃이 되었구나!

Contents

우리
가족은
시든 꽃

추억을 남기고 싶어 찍은
프로필 사진이
영정 사진이 되었다.

2009년 11월 6일 금요일

"자기야, 아침부터 미열이 있어서 수액을 맞았는데 석규 열이
안 떨어지네."
모임 때문에 외출 중인 나를 대신해 아내가 석규를 데리고 동
네 병원을 갔더랬다.
"열이 안 떨어지면 어떡해. 내일 큰 병원 가보자."

석규를 들쳐 업고 아내와 함께 병원으로 내달렸다.
더운 나라인 필리핀에서 살다 돌아온 터,
갑작스러운 추위 때문에 감기 걸렸을 거라고 대수롭지 않게
생각했다.

의료진은 급성폐렴 같다고 했다.
입원을 결정했다.
갑자기 구토 증세를 보였고, 그때부터 우리는 불안해졌다.

무슨 비가 그렇게도 오던지, 석규는 천둥 번개가 무섭다고 했다.

"아빠, 하늘에서 번개가 쳐. 아빠, 병원에서 나가면 장난감 사 줄 거지?"

아직은 어린 애라서, 아픈 그 와중에도 장난감 얘기를 했다.

8일 새벽이었다.

"여보 일어나 봐, 석규가 이상해."

침대 한편에 눈을 붙이고 있던 나는 아내의 다급한 목소리에 놀랐다.

즉시 중환자실로 옮겨졌다.

그때부터 심장이 두근거리고 정신이 혼미해졌다.

급하게 투입된 의료진도 분주했다.

석규의 호흡이 가빠졌다.

산소 호흡기를 끼우더니 약을 투약하고, 40분간 심폐소생술까지 시행했다.

하지만……

11월 8일 오전 9시 49분.

석규는 더 이상 숨을 쉬지 않았다.

살 줄 알았다.

지극정성으로 간호하면, 최선을 다해 치료하면 살 줄 알았다.

응급실에서 심폐소생술을 할 때도 믿고 싶었고, 당연히 살아날 줄 알았다.

감기인 줄 알았는데,

전날까지 멀쩡하던 아이였는데…….

갑작스럽게,

불과 하루 만에 석규가 우리 곁을 떠났다.

2002년 녀석의 탄생

"여보! 꿈을 꿨는데 용이 내 몸을 감싸더니 승천했어. 하늘로
올라갔어. 백룡이었어. 새끼 용하고 어미 용하고 한옥집에서
나를 감싸더니 하늘로 올라가는 거 있지?"
임신한 아내는 싱글벙글 태몽 얘기를 하며 흥분했다.

첫째 딸아이 연지를 낳고 4년 만에 낳은 아이라,
사실 우리 부부는 설렘과 기대감이 상당히 컸다.

2002년 8월 25일, 석규가 태어났다.

우리 부부는 "작품 하나 나왔구나! 진짜 제대로 나왔구나!" 했더랬다.

석규야! 너를 만나기 전에는 몰랐어.
생명이라는 귀하고도 놀라운 이 축복을……
너를 사랑하기 전엔 몰랐단다.
충만한 은총으로 새로운 세상이 열리는구나.
너로 말미암아 보게 된 세상,
이렇게 아름답다니!

유난히 고운 외모의 석규를 보며 주변에서는 연예계 활동을 시키라고 권했다.

어린 시절 추억도 남길 겸 훗날 혹시 CF라도 찍으면 좋겠다는 생각에서 프로필 사진을 찍게 했었다.

그런데,

그 사진이 한 달도 안 되어 영정 사진이 되리라고는 꿈에서조차 생각한 적 없었다.

추억을 남기고 싶어 찍은
프로필 사진이
영정 사진이 되었다.

미친놈처럼 울었다

생때같은 내 새끼가,
그것도 내가 보는 앞에서 숨을 거뒀다.

한없이 울었다.
누가 보든 말든 병원 바닥에 주저앉아 내내 아들의 이름을 목
청껏 불렀다.

사고를 당한 것도 아니고,
전날까지 너무나도 멀쩡하던 아이였는데,
미처 손써볼 틈도 없이 내 새끼를 허무하게 보내다니…….

폭풍 치는 광야에 서 있는 기분이었다.

눈 오는 걸 참 좋아했던 석규,
이번 겨울에 눈 오면 꼭 스키 타러 가자고 약속했는데…….

눈이 오면 우리는 늘 눈사람을 만들었다.
"석규야, 재밌어?"
"엄마! 난 눈이 제일 좋아."

겨울이 오면
늘 석규랑 스키장을 갔었지!

필리핀에서 지낸 2년

배우 김영호가 필리핀 마닐라로 놀러 오라고 해서 갔는데 정말 좋았다.
이후 아내와 다시 갔다가 결국 눌러앉게 되었다.

호형호제하며 지내던 연예계 선배들이 먼저 필리핀으로 가족을 보낸 터였다.
지금 같으면 감히 엄두를 못 냈겠지만,
그땐 젊기도 하고 모든 일에 의욕과 자신감이 넘치던 시절이라 쉽게 결심했지 싶다.

2007년부터 2년간,
일하는 나를 제외한 아내와 석규 그리고 연지가 교육을 위해 필리핀 마닐라로 거주지를 옮겼다.
부활의 김태원, 배우 이종원, 김영호 등이 함께 모여 살았다.

당시 나는 스케줄이 많을 때라 2주에 한 번씩 겨우 1박 2일 다녀올 만큼 강행군을 해야 했다.

"아빠, 필리핀은 너무 더워. 시원한 서울에 가서 아빠 보고 싶어."
필리핀으로 전화하면 늘 석규가 아빠를 많이 찾았더랬다.

그렇게 기러기 가족으로 지내다 2년 만인 2009년 5월,
필리핀에서의 생활을 청산하고 한 지붕 아래서 살게 되었다.

나는 그야말로 가족들과 단꿈에 젖어 지냈다.
아이들과 놀이동산도 가고 휴가도 다녀오며,
떨어져 지낸 그 시간의 공백을 메우려 차근차근 계획을 세웠다.

딸 연지와 아들 석규 방도 꾸미고,
교육 사업을 하고 싶어 하는 아내와 함께 새로운 미래를 설계
했다.

나는 정말 행복한 사람이었는데…….

그런데,
이건 말도 안 된다.
꿈이었으면 좋겠다!
그 행복이 어디로 사라진 걸까.

허무하고 헛헛했다.

더 많이 사랑을 주지 못해 미안했고,
많은 추억을 만들지 못해 미안했다.

밥도 먹기 싫었고,
그냥 멍하니 허공에 의식을 방치했다.

사는 낙이 사라졌다.
그저 생각하면 후회뿐이었다.

김은혜 작가 작품

사랑을 나눠주는 아이

나에게 너무나 소중한 그림 속의 주인공,
오래전 핼러윈데이의 추억.

배트맨과 스파이더맨을 좋아했던 아이,
핼러윈 호박통 속의 사탕을
친구들에게 나눠주며 좋아했던 아이,
아빠 엄마를 볼 때마다 거침없이 뽀뽀해주었던 아이,
누나에게 항상 양보를 잘하는 아이,
내가 피곤하고 힘들다고 하면
내 어깨를 작은 손으로 주물러주던 아이,
하늘에서 눈 오기만을 손꼽아 기다리며
아빠랑 눈 마주치면
배시시 눈웃음치는 애교쟁이 아이.

항상 기다리던 눈이 드디어 온다.
오늘도 윙크하며 밝게 웃고 있구나.

천사가 됐을 거야

"천사가 됐을 거야."
석규가 떠난 후 주변에서 우리 가족에게 그렇게들 다독였다.

그렇지만 난…….
솔직히 말해 위로가 되지 않았다.

아이를 떠나보내고,
아내와 나는 죄책감에 빠졌다.

치료하면 낫겠지 했던 일말의 안일함…….
더 서둘러야 했다고,
더 큰 병원으로 갔어야 했다고…….

전날까지 멀쩡했던 아이가 시름시름 앓다가 너무 허무하게도
갑작스레 떠난 거니까.
현실을 인정하기가 어려웠다.

세상이 원망스럽기만 했다.
'왜 내 아이여야 하나요?'

싫었다.
내가 얼굴이 알려진 사람이라는 것도.
연예인이 아니었다면 남몰래 조용히 우리만의 슬픔으로 끝났을 텐데,
전 국민이 다 아는 일이 돼버렸으니까.
내가 감당해야 하는 슬픔은 거대한 바윗돌이 되어 나를 짓눌렀다.

같은 생각이 계속 머릿속을 헤맸다.
'이제 나는 뭘 해야 하지?'
'앞으로 어떻게 하지?'

아내는 의료사고일지 모른다며 진실을 규명하자고 울부짖었다.
나 역시 싸워볼까도 생각했었다.
수많은 의료인에게 경각심을 주고,
환자에 대해 더 많은 책임감을 갖도록 해볼까…….

하지만 관뒀다.

석규가 입원한 병원의 응급실, 중환자실 의료진은 최선을 다했다.

뜻하지 않게 벌어진 일인데 그걸 끄집어내는 것이 맞을까 싶었다.

고통은 나 하나로 끝났으면 좋겠다는 생각이 컸다.

물론 우리 아이가 다시 살아 돌아올 수 있다면 나는 당연히 그렇게 했을 거다.

그러나 결국 남는 건 아무것도 없을 거였고,

설사 의료사고로 인정돼서 합의금을 받으면 또 무엇하나.

입관할 때 아들의 마지막 모습은 너무나 평안했고 예뻤다.

그냥 이대로 아름답게 보내주는 게 낫다는 생각이 들었다.

나는 아내를 볼 때마다,

아내는 나를 볼 때마다,

아들 얼굴이 떠올라 서로를 보는 게 고통스러웠다.

저마다 슬픔에 겨워 서로를 위로할 힘이 없었다.

그 와중에 석규가 신종플루로 사망했다는 소식이 언론을 통해 알려졌다.

그 바람에 응급실에는 평소 10배가 넘는 아이들이 찾아온다는 얘기가 들렸다.

장례식장에 온 조문객 몇몇은 이렇게 위로했다.

석규 덕분에 치료 시기를 놓칠 뻔한 아이들이 살았다고.

석규가 아이들의 목숨을 구해준 거니까 천사가 됐을 거라고.

천사…….

우리에겐 천사보다 내 아들이 필요한데…….

왜 하필 석규여야만 했는지 하늘이 원망스럽기만 했다.

'아주 한밤중에도 깨어 있고 싶어!'
온갖 뉴스가 아들의 모습으로 도배되었다.
그런 상황을 위로하고자 찾아오는 이들을 돌려보내고,
밤새 우리 부부는 간절히 기도했다.
아주 한밤중에도 깨어 있도록,
한 치 앞도 안 보이는 이 한밤중을 담대히 이겨내도록,
제발 평화를…….

장례식이 끝났다

석규가 갖고 놀던 장난감을 들고 아파트 베란다로 나갔다.
비상계단의 창문을 열었다.

11월의 찬바람이 그렇게 시원할 수가 없었다.
뭔가 화기가 훅 내려가는 기분……

내가 사는 아파트 10층에서 이대로 눈을 감고 싶었다.
그냥 이대로 몸에 힘을 쭉 빼고 떨어져도 괜찮을 것 같았다.

발밑을 보니, 난간에 까치발로 서 있는 나였다.
대롱대롱 매달린 꼴이었다.
몸을 계속해서 앞으로 기울였나 보다.

그 순간,
편안한 바람이 코끝을 스쳤다.

땅을 내려다보던 나는 마지막으로 하늘을 쳐다봤다.
별들이 하늘에 예쁘게 붙박여 있었다.
너무 예쁜 별들을 보니 대화라도 하고 싶었다.

"저 별 중에 예쁜 별이 아들이겠죠? 아이들이 떠나면 천사가
된다던데, 내 새끼 석규도 천사가 되었나요?"
혼자 중얼거렸다.
그 순간, 별 하나가 화답이라도 하듯 '반짝'였다.

여태 있던 분노와 화기가 서서히 사라졌다.
마음에 평안도 찾아오며 하늘을 향해 중얼거렸다.
"일곱 살, 제일 예쁜 모습만 제게 남겨줬네요. 예쁜 모습만 기
억할게요. 감사합니다."
뜨거운 눈물이 멈출 줄 모르고 뺨을 타고 흘렀다.

반짝이는 별을 닮은 내 아들.
뽀뽀를 좋아하는 뽀뽀쟁이,
새벽녘 귀가할 때까지 잠 안 자고 아빠를 기다리곤 한 효자,
그토록 정말 사랑스럽고 애교 많은 내 아들 석규…….
전화로 "아빠, 언제 와?" 하던 녀석의 목소리,
팔베개를 하고 자던 녀석의 숨소리가 지금도 귀에 선하다.

그런 내 아들이 병원에 입원한 지 이틀 만에 눈을 감았다.
게다가 마지막 순간에 제대로 인사조차 못 했다.
너무나 원통하고 너무나 안타깝다.

그런 녀석이 우리 곁을 떠난 뒤,
우리는 하루하루가 고통의 연속이었다.
남들은 죽은 자식 이제 가슴에 묻으라고 하는데 난 그러고 싶지 않았다.

필리핀에서 한국으로 돌아올 때였다.
작별 인사차 다니던 현지 학교에 들른 석규는 아이들 없는 빈 교실에서 아이들의 가방을 뒤졌더랬다.

대체 뭐 하는 건가 싶어 얼른 석규를 나무랐다.
"그러면 안 돼, 뭐 하는 거야?"
"애들이 운동하러 가서 인사 못 하니까, 좋아하는 과자 선물로 넣어주려고."
친구들을 못 보고 떠나는 게 끝내 아쉬웠던 모양이다.

그렇게 섬세하고 순수한 아이가 바로 내 아들이다.
그런 아이를 영원히 가슴속에 묻어두고 싶지 않았다.

아내가 실신했다

"여보 어떡해, 내 친구가 석규 꿈을 꿨대. 옷도 춥게 입고 맨발
로 울면서 서 있더래. 내 아들이 구천에서 헤매고 있나 봐. 내
새끼 안아줘야 해. 맨발이래, 맨발…… 어떡해. 내가 따라갈래,
죽어버리면 돼, 아들한테 갈 거야."

아내는 반실신 상태로 내게 매달려 통곡했다.
가슴이 두근거리고 심장이 터질 것 같았다.

아내의 친구가 원망스러웠다.
몸과 마음이 상처투성이인 우리에게 불난 집에 기름을 붓는
것 같았다.

결국 기도원에 들어갔다.
아무도 만나기가 싫었다.

명절 같은 땐 가족들 만나면 분명 빈자리가 보일 테고,

무엇보다 아내가 너무 불안한 상태여서 주변 사람들의 도움을 받아 기도원으로 들어가버렸다.

기댈 데가 없었다.

찬 바닥에 무릎을 꿇었다.

'지금 우리는 흔들리고 있습니다. 우리 가정이 흔들리고 있습니다. 석규 데려간 것도 모자라서 우리 가족을 갈라놓으시나요? 제발 막아주세요, 막아주세요. 전 방법을 모릅니다. 우리 가족을 살려주세요. 제발 좀 붙잡아주세요. 연지 엄마가 나쁜 생각 안 하게 해주세요.'

그저 매달렸다.

아무것도 할 수 있는 게 없었다.

장인어른과 장모님께 급히 연락했다.

아내가 혹시 사고라도 칠까 봐 난 너무나 불안했고,

결국 석 달 남짓 두 분이 아내 곁을 지켰다.

취학 통지서

아이가 떠나고,

한 달 안에 사망 신고를 해야 한다고 했다.

하지만 벌금을 내고서라도 안 하고 싶었다.

그렇게 주민등록증 말소를 하지 못한 채 시간 끄는 사이,

집으로 석규의 취학 통지서가 날아왔다.

"아빠, 아빠. 나 내년에 학교 가는 거지? 초등학생 되는 거지?"

석규는 생전에 학교 앞을 지날 때마다 깡충깡충 뛰면서 말했다.

그런데 이젠 보내고 싶어도 아들이 없다.

내 아들이 그렇게 가고 싶어 했던 학교를 보낼 수 없다.

안 되겠다.

이건 아니다 싶었다.

미련퉁이처럼 '끈'을 잡고 있다고 결코 좋을 건 없겠구나.

더 집착하게 되고 마음만 더 아프구나.

며칠 뒤 동사무소를 찾았다.
다리가 후들거렸다.
몇 개 채 되지도 않는 계단이건만 오르는 것 자체가 힘들었다.

차마 더는 못 들어가고 동사무소 앞 계단에 쭈그리고 앉아 있
는데, 나를 본 동사무소 직원이 나왔다.

"뭘 도와드릴까요?"
"우리 아이 주민등록등본 말소하러 왔습니다."
그 순간 참아왔던 눈물이 폭풍처럼 쏟아졌다.

내 나이 스무 살에 아버지가 돌아가셨다.
그때는 정말 술을 많이 마셨고 방황도 많이 했다.
하지만 아들 석규를 보내고서는 일부러 술을 안 마셨다.

나라도 정신을 바짝 차려야 했으니까.
내가 흔들리면 아내와 딸 연지가 더 힘들어할 테니까.

가족들에게 약한 모습 안 보이려고 무던히 애쓴 나였다.
하지만 아들의 사망 신고를 하러 간 날,
나는 한순간 무너져내렸다.

하나도 버리지 못하는 미련

집에 들어가면 아이가 소파에 자동차 장난감을 잔뜩 어질러놨
던 모습이 떠오르고,
너무 괴로워서 이사를 가버릴까 싶다가도,
그렇게 떠나면 혹시 석규의 흔적이 영영 사라져버리는 것 같
아서 그조차도 못했다.

갖고 놀던 장난감, 속옷 하나조차도 아이의 숨결이 느껴져 차
마 버리지 못했다.
그렇게 억지로 슬픔의 보따리를 부여잡고 있는데,
한순간에 무너져버렸다.

가족들에게 약한 모습을 보이지 않으려고 그간 애를 썼지만, 아들의 사망 신고를 하는 날은 주체할 수 없는 슬픔에 주저앉 았다.

사망 신고를 하기 직전,
'이석규'라고 이름이 있는 주민등록등본을 15통을 뗐다.
이렇게라도 하지 않으면 석규가 우리 곁에서 영원히 사라질 것만 같았기에…….
그때부터였던 거 같다.
초등학교 앞은 지나질 못하고 돌아서 다녔다.
지금도 여전히 학교 앞을 지나는 건 힘들다.

어느 날 새벽,
홀로 차를 운전하며 달렸다.
갑자기 추모관에 잠들어 있는 아들이 보고 싶어졌다.
미치도록 보고 싶은 내 아들.
'정말 아이가 천사가 돼서 천국에 갔겠지? 혹시 못 가고 추위 에 떨면서 배회하고 있으면 어떻게 하지?'
점점 불안한 마음이 커지더니 나중엔 별별 생각이 다 들었다.

어느샌가 나는 액셀러레이터를 꾹 밟은 채 핸들을 마구 돌렸다.
새벽이라서 도로에 차가 없었으니 망정이지.

나는 영락없는 만취 운전자의 꼴이었다.

손 가는 대로 CD플레이어 버튼을 눌렀다.
이내 스피커에서 CCM이 흘러나왔다.

자꾸만 눈물이 흘렀다.
'광기야 너는 내 아들이야.'
'네가 아무리 힘들어도 내가 다 지켜줄 거야. 내가 너와 함께할
거야.'
노랫말이 온통 내 어지러운 마음에 쏙 들어왔다.
가사가 마치 내게 하는 말로 들렸다.

그 순간,
정신이 번쩍 나서는 갓길로 차를 세웠다.
'내가 지금 무슨 짓을 한 거지?'
운전대에 머리를 박고 나는 한참을 울었다.

힘들고 지쳐 낙망하고 넘어져

일어날 힘 전혀 없을 때에

조용히 다가와 손잡아주시며

나에게 말씀하시네

나에게 실망하며 내 자신 연약해

고통 속에 눈물 흘릴 때에

못 자국 난 그 손길 눈물 닦아주시며

나에게 말씀하시네

너는 내 아들이라

오늘날 내가 너를 낳았도다

너는 내 아들이라

나의 사랑하는 내 아들이라

_CCM, '너는 내 아들이라(힘들고 지쳐)'

판화에 새겨진 활짝 웃는 첫째 아들 석규 / 문정희 작가 작품

"석규야, 안녕?
오늘도 이 아빠는 열심히 사랑하면서 살 테니까
너도 아빠처럼 파이팅!"

마치 현관에 선 아들에게 말을 건네듯 이제는 편하게 인사한다.
합판 벽을 통과한 유성 물감의 향기가 코끝을 자극한다고 느끼는 순간,
해맑게 웃는 녀석의 얼굴이 보석처럼 반짝인다.

추모공원

"우리 석규 잘 있지?"
석규가 떠나고 거의 1년은 날마다 갔던 것 같다.
지금도 우리 가족은 추모공원에서 아들과 대화하는 걸 좋아한다.
그렇게 한참을 얘기하고 나면 마음도 편안해진다.

여전히 나와 아내는 가끔 석규 사진을 꺼내어 보면서 울컥한다.

그리움에 사무치다가도 생각하면 서럽고,
좋은 곳에 먼저 가 있을 거라며 애써 마음을 위로했다가도 혹시 잊을까 봐 미안해진다.
"석규야, 기다려. 아빠도 곧 갈게. 나도 따라갈 거니까 엄마 아빠 배웅 나와라."

그립고 그리운 내 아이,
늘 그렇듯 오늘도 내 가슴속에는 애잔함이 진하게 머물러 있다.

눈을 좋아하는 석규가 있는 추모공원

우리 가족은 자주 추모공원에 가서 석규를 만난다.

우리는 가족사진을 자주 찍는 편이다.

속 깊은 연지

석규가 떠나고 어린 딸 연지는 되레 우리 부부를 위로하곤 했다.
"아빠! 석규가 미국에 공부하러 갔다고 생각하자."
꼭 어른 같았다.

당시 연지는 초등학교 4학년이었다.
아이에게는 정말 중요한 시기였는데…….
잘 자라야 하는 그 시기를 소홀히 한 것 같아 우리 부부는 늘
미안하다.

더 사랑받을 수 있었을 텐데…….

더 많이 사랑해주지 못해 미안해서 눈물이 난다.

물론 연지는 지금껏 단 한 번도 "그때 서운했다"고 말한 적이
없다.

사실, 처음엔 연지가 너무 어려서 동생이 없다는 걸 실감하지
못하나 했다.

동생의 부재를 분명히 느낄 텐데,

슬픈 기색 하나 없이 평소처럼 천방지축인 딸이 원망스러워
괜히 혼내기도 했다.

그런데 어느 날인가 장모님이 봤단다,

연지가 침대에서 이를 악문 채 혼자 울고 있는 모습을…….

미안했다.

혹시나 연지도 마음의 상처를 입으면 어쩌나,

걱정되면서 안쓰러운 마음이 커져갔다.

연지가 어릴 때 그린 동생 석규와 우리 가족의 모습이다.
석규가 남긴 추억과 사랑을 더 큰 일에 활용하며
행복으로 바꾸려는 것 같다.

"내 동생 석규야, 널 사랑해!"

연지의 일기 중에서

나는 엄청 울었다.
나는 석규가 천국에 갔다는 것을 모르고 있다가
사람들한테 자꾸 연락이 오고 내 미니홈페이지에
글들이 올라오고 난 후에야 알았다.
처음에는 사람들이 무슨 이야기를 하는 것인지
잘 알지도 못했고 믿기지도 않았다.

내가 계속 울자 숙모가 내게 말씀하셨다.
내가 계속 울면 엄마가 더 속상하다고…….
난 그 뒤로 한 번도 안 울었다.
석규가 여기에 나와 함께 있지 않다고 해서
나쁘다고 생각하지는 않는다.
석규는 편안한 곳에 있다고 생각하기 때문이다.

연지의 일기 중에서

12월에 남산타워에 가 전망대 쪽에 올라갔다.
그리고 석규에게 타일 편지를 썼다.
석규가 있는 하늘을 망원경으로 보기도 하고,
아이스크림도 먹고,
석규와 나를 닮은 잠옷을 입은 곰돌이 인형도 샀다.
정말 좋았지만 석규가 없어서 아쉬웠다.

석규와 추억도 많았고,
더 기억하고 싶은 것이 많은데……

석규와 함께 있었던 일,
석규와의 추억을 담아 책을 만들고 싶었다.

부활, '생각이나'

아들이 떠나고 제일 많이 들었던 것 같다.
부활의 '생각이나'를 들으면서 우리 부부는 참 많이 울었다.

항상 난 생각이나
너에게 기대었던 게
너는 아무 말 없이
나를 안고 있었고

그땐 난 몰랐지만
넌 홀로 힘겨워하던
그 모습이
자꾸 생각이나

아주 오랜 후에야
내가 알 수 있었던 건

나를 안고 있지만
너도 힘겨워했지

항상 나에게 웃으며
넌 다가왔지만
나에게 항상 넌
기대고 싶었음을

꿈속에선 보이나 봐
꿈이니까 만나나 봐
그리워서 너무 그리워
꿈속에만 있는가 봐

힘겨워했었던 날이
시간이 흘러간 후에
아름다운 너로
꿈속에선 보이나 봐

_김태원 작사 · 작곡, '생각이나'

태원이 형은 아이티 어린이들을 위해 노래도 기부했다.
부활의 신곡 '누구나 사랑을 한다'를 월드비전의
아이티 구호 활동의 주제곡으로 사용하게 한 것이다.
태원이 형은 일본 지진이나 아이티 아이들의 모습을
뮤직비디오에 삽입하고 싶다고 할 만큼 열정적이었다.

태원이 형!

힘들 때 내 옆에 있어준 형이다.

늘 감사하다.

힘들 때마다 위로해주고 격려해주는 그런 형이다.

사실, 태원 형이 내게 부르라고 준 곡이 있었다.

'흑백영화'다.

발라드인데 도저히 부를 수가 없었다.

너무 슬픈 내용이라서…….

내 주변을 환하게 밝혀주는 친구들이 너무 고맙다.

'흑백영화'

저 아이들의 모습이 나에게는 사실
지나버렸지만 아쉬운 걸까
공을 주으러 오듯 아이들이 내게로 오면
내가 왔던 지나온 길엔 나무들이 자라 있을까
흑백으로 된 영화를 보고 싶었어
가슴 조이며 바라보던
마치 꿈 속 같은 모습이기에
나의 어머니를 닮았어
흑백으로 된 영화를 보고 싶었어
가슴 조이며 바라보던
마치 꿈속 같은 모습이기에 나의 어머니를 닮았어

내가 끝까지 못 부를 것 같았다. 태원이 형에게 말했다.
"형, 안 되겠어, 나⋯⋯."

그 일 있고 난 뒤, 태원이 형이 내게 미안해했다.
"괜히 그런 곡을 너에게 줘서 상처를 준 것 같다."
그건 전혀 아닌데도 태원이 형은 공연히 그런 생각이 들었나
보다, 착한 형⋯⋯.
"아니야, 형. 그냥 형이 불러. 내가 할 노래는 아닌 것 같아."

《기탄잘리(Gitanjali, 신께 바치는 노래)》에 이런 구절이 있다.

'기쁨과 슬픔을 수월하게 견딜 수 있는 그 힘을 저에게 주시옵소서.'

이는 내게 특히 인상적이다.
좋은 친구를 곁에 두면 그런 힘이 되어준다는 것이니까.

이들 덕분에 나는 살아갈 힘을 얻는다.

이것이 주님이시여!

저의 가슴속에 자리 잡은 빈곤에서 드리는 기도입니다.

기쁨과 슬픔을 수월하게 견딜 수 있는
그 힘을 저에게 주시옵소서.

저의 사랑이 베풂 속에서 열매 맺도록 힘을 주시옵소서.

결코 불쌍한 사람들을 저버리지 않고
거만한 권력 앞에 무릎 꿇지 아니할 힘을 주시옵소서.

저의 마음이 나날의 사소한 일들을 초월할 힘을 주시옵소서.
저의 힘이 사랑으로 당신 뜻에 굴복할 그 힘을 저에게…….

_R. 타고르, 《기탄잘리》 중에서

삶은
꽃
이더라

함께 걸었다,
희망이 보이는
그곳으로!

모든 일이 망한 후
고개를 들어 주위를 살펴보면
아스팔트 도시 거리 구석진
어딘가에 잡초가 자라듯
몇 가지 남은 것이 있다

적지만 그것을 잡아라
그것이 곧 희망으로
이어주는 인연이기 때문이다

_김한기, '검은 아스팔트 거리에 푸른 잡초' 중에서

아들의 사망 보험금

보험금이 입금된 통장을 안고 펑펑 울었다.
차마 쓸 수 없는 돈이었다.

도대체 어떻게 해야 할지…….
문득, 배우 정애리 선배 얼굴이 떠올랐다.

아들이 떠나고 얼마 되지 않았을 때,
정애리 선배로부터 전화가 왔다.
같은 연기자 선후배 사이라고는 하지만 방송을 통해서나 봤지,
서로 인사조차 나눈 적 없었다.
그런데 연락이 온 거다.

"광기 씨, 석규 소식을 들었어요. 자꾸 광기 씨랑 석규 얼굴이
떠올라서 기도하고 있어요. 아이는 좋은 곳으로 갔을 테니까
힘을 내요."
얼마나 고마운지 눈물이 났다.

정애리 선배가 없었다면
월드비전과의 인연은 없었을 것이다.

그날 이후로도 매일같이 성경 구절을 문자로 보내주셨다.
지금도 여전히……

당장 정애리 선배께 전화를 걸었다.
"선배님, 이 귀한 생명 같은 돈을 쓸 수가 없어요."
묵묵히 내 말을 다 듣더니 정애리 선배는 기부를 제안했고,
자신이 친선 대사로 있는 월드비전을 소개했다.
그렇게 NGO단체 월드비전과의 인연이 시작됐다.

월드비전과 함께 사랑을 실천하고 있는 정애리 선배

2010년 1월 12일 아이티

카리브 해 아이티에서 7.0 규모의 지진이 일어났다.
30초가량 아이티 전역을 초토화한 엄청난 지진이었는데,
이 재앙으로 31만 6천여 명이 사망하고 150만여 명이 다쳤다.

아이티 지진 뉴스에 아내와 정말 많이 울었다.
우리 가족은 많은 사람에게 위로와 격려를 받았지만,
아이티의 아이들은 한순간에 모든 걸 잃었는데 누구의 위로를
받을까…….

죽음이라는 단어가 싫었다.
주변에서 죽음에 관한 얘기를 하면 신경이 곤두서 짜증부터
났다.
각종 사망 사건이 TV 화면으로 나올라치면 절로 몸서리가 쳐
졌다.

그런 내게 KBS에서 연락이 왔다.

〈사랑의 리퀘스트〉 프로그램의 담당 PD였다.

NGO 월드비전에 기부금을 낸 사실이 언론을 통해 알려진 직후였다.

아이티 특별모금 방송을 할 예정인데 함께 아이티로 가자는 제안이었다.

하지만 선뜻 가겠다는 말이 나오질 않았다.

주변에서도 반대했다.

아내도 딸 연지도 절대 안 된다고 했다.

아이티 여진이 계속되고 있고,

폭동까지 일어난 마당이라 위험하다는 이유에서다.

아이가 떠난 지 3개월도 채 안 된 상황에서,

무엇보다 나부터 그들을 위로해줄 자신이 없었다.

일곱 살 남자아이만 보면 심장이 두근거리고,

곱슬머리 뒤통수만 봐도 달려가 얼굴을 확인할 만큼,

고통스러운 나날을 보내던 시기였으니까.

거절해야겠다고 마음먹었다.

그런데…….

자꾸 마음이 그쪽을 향했다.

아비규환의 현장에서 다쳤을 아이들이 머릿속에서 떠나지 않았다.

우리는 아들 하나를 잃었지만,
그곳에선 수십만 명이 한순간에 가족을 잃고 운명이 바뀐 것 아닌가.
부모를 잃고 진흙으로 만든 쿠키를 먹으며 굶주림과 병마에 싸우는 아이티 아이들의 안위가 걱정되기 시작했다.
그날 저녁, 아내와 마주 앉았다.

"우리 아들이 떠난 지 세 달이 다 되어가네. 살았다면 올해 여덟 살인데, 내 기억에는 여전히 일곱 살로 남아 있거든. 세월이 흘러도 여전히 아들은 일곱 살에 머물러 있을 것 같다는 생각을 하니 슬퍼지더라. 그런데…… 아이티, 저기 멀리 떨어져서 살지만 아들 또래의 아이들에게 따뜻한 손을 내미는 것도 행복하겠다는 생각이 들었어. 여보, 석규를 돌보는 마음으로 그 아이들을 위해서 챙겨주고 싶은데…… 여보, 나 다녀와야 할 거 같아."

거실 한편에 커다란 여행 가방이 보였다.
"그냥 가지 말고 우리 석규가 입던 옷 갖고 가. 갖고 있으면 꺼내 볼 때마다 슬프기만 하잖아. 석규 옷이 우리에겐 슬픔이지만 그 아이들에게는 행복한 선물이 될 수 있지 않을까."
아내는 구호품 대신 아들 석규가 입던 옷을 가방에 이미 싸놓았다고 했다.
우리 부부는 서로 끌어안고 펑펑 울었다.

결심하고 나니 절망에 고통받고 있을 아이티를 위로하고 싶은 마음이 더 커졌다.
아이티의 아이들에게 뭐라도 더 갖다주고 싶었다.
또 뭐가 있을까.

방 안을 정리하다 난 또 한 번 오열했다.
그림 때문이다.

석규는 평소 스케치북에 크레파스로 그림 그리는 걸 무척 좋아했다.
특히 내 얼굴을 많이 그렸더랬다.
삐죽삐죽 하늘로 솟은 머리카락과 둥글고 장난기 가득한 웃는 얼굴,
'아빠의 얼굴'이라고 쓴 삐뚤삐뚤한 글씨…….
'이놈이 마지막까지 내 얼굴을 그렸구나.'

이게 우리 석규가 저를 그린 모습이에요.
석규의 흔적들을 다 만지면서 있다가
우리 석규 그림책을 본 거예요.
그림책을 보는데 거기에 이 그림이
마지막에 딱 있는 거예요.
마지막에 우리 석규가 아빠를 그린 거예요.

'아, 이 그림이네, 부모를 잃은 아이티의 아이들에게
이 그림으로 힘을 주자. 아빠가 함께한다고……'.
그렇게 이 티셔츠를 제작하여 두 달 정도 판매했고
2천만 원 남짓의 수익을 냈다.
그 수익금 전액은 아이티 학교를 건립하는 데 기증했다.

내 얼굴을 그린 석규의 스케치북을 안고 있으니 아들의 따뜻한 마음이 느껴졌다.

'그래! 이 그림을 옷에 디자인해서 선물하자. 이 티셔츠는 부모 잃은 아이티 아이들에게 아빠와 함께 있는 느낌을 줄 수 있을 것이다.'
아들이 그린 마지막 그림을 다른 아이들에게 선물로 주는 셈이었다.

그날로 후배 디자이너를 섭외했다.
'LOVE&BLESS(사랑과 축복)'라는 문구와 함께,
석규가 그린 내 얼굴을 티셔츠에 디자인해서 넣었다.

그렇게 대형 캐리어 두 개 분량, 200벌의 티셔츠를 제작했다.
티셔츠를 캐리어에 챙겨 넣는데 마음이 정말 복잡했다.
누군가가 이 옷을 입어준다면 얼마나 좋을까.
설레면서 한편으론 슬펐다.

험난한 여정

아이티의 여정은 험난했다.
지진으로 공항이 폐쇄되었기에,
도미니카에서 버스로 갈아타고 7시간을 달린 후에야 도착할
수 있었다.

도착한 현장은 한마디로 아비규환 그 자체였는데,
망연자실한 상황 속에 아이들이 있었다.

생지옥으로 변해버린 아이티,
슬프고 아프다고 생각할 겨를이 없었다.
무정부 상태라 총소리와 칼부림이 난무했다.

다시 지진이 날까 봐 사람들은 집에 들어가지 못했다.
눈이 풀려버린 사람들⋯⋯.
너무나 많은 사람이 죽음의 고통을 겪고 있었다.

아이티의 수도 포르토프랭스(Port-au-Prince)에서 4시간가량 차를 타고,

거기서 또다시 3시간 남짓 노새를 타고 가야 닿는 산골 마을.

마침내 3,500여 가구, 22,000여 명이 모여 사는 가난한 마을에 도착했다.

하루 한 끼로 겨우 연명하면서 사는 데다,

지진까지 겪었으니 얼마나 힘들었겠나.

구호 손길이 닿지 않는 해발 1,200미터의 고산지대이다 보니,

우리가 첫 외부 구호자인 셈이었다.

준비해 간 음식 재료로 서둘러 음식을 만들어 나눠주었다.

윗마을 아랫마을 할 것 없이 많은 사람이 한꺼번에 몰렸다.

그 모습에 얼마나 가슴이 아프던지……

우리가 도착한 아이티는 그야말로 전쟁터였다.
우연히 만난 아이티의 어린이, 웃는 모습을 언제 볼 수 있을까?

함께 걸었다, 희망이 보이는 그곳으로!

모든 게 무너져내린 아이티의 세상이
속히 재건되어 아름다워지길 기도했다.

내 이름은 세손

아이티 수도 포르토프랭스에 도착해서 한 고아원에도 방문했다.
그곳에는 지진으로 갑자기 부모를 잃은 아이들이 있었다.

다른 아이들은 선물을 받아서 기뻐하는데, 유독 한 아이만 멀찍이 떨어져 있었다.
'쟤는 뭐지?'
까만 얼굴에 너무나 마른 몸의 아이.
얼굴의 반을 차지하는 커다란 눈이 보석처럼 빛이 났다.

아이 앞으로 다가가서는 무릎을 반쯤 굽히고 내려다보니 울고 있었다.
커다란 눈 아래에 맺힌 눈물이 햇빛에 반사되어 보석처럼 빛났다.
온종일 아무것도 먹지 못했다는 녀석은 정말 깡말랐다.
눈물이 핑 돌았다.

"몇 살이야?"

"여덟 살."

여덟 살!

여덟 살이라는 말을 듣는 순간 심장이 쿵쾅대기 시작했다.

석규가 살아 있다면 올해 여덟 살이다.

"네 이름이 뭐야?"

"세손(Cerson)."

"세손, 이리 와봐. 아저씨가 안아줄게."

두 팔을 벌리자 아이는 마치 그 말을 기다렸다는 듯이 힘껏 안겼다.

온 힘을 다해서 부서지게 말이다.

그 순간, 왈칵 눈물이 쏟아졌다.

아이도 엉엉 울었다.

분명히 이 아이는 내 자식도 아닌데,

그냥 아이가 내 품에 안긴 게 꼭 석규를 안고 있는 것 같았다.

세손도 마치 제 아빠를 만난 것처럼 폭 안겼다.

'너무 갑작스레 보낸 내 아들의 체온을 한 번만 느끼고 싶었는데, 이렇게 만나게 되는구나. 여기로 온 이유가 있었어. 이 아이를 품기 위해서 내가 왔구나.'

나에게 희망을 보여준
세손, 윌손 형제를 위해
정말 많이 기도했다.
아이티에서 처음 만난
2010년 이후 2년 만에 다시 만났다.
밝게 웃는 모습이 너무 보기 좋았다.

석규가 그린 그림이 새겨진 티셔츠는 생각보다 훨씬 인기가
좋았다.
아이들은 무척 좋아하며 옷을 입었다.
마음이 벅찼다.

나도 석규도 그림을 좋아했는데,
이렇게 그림으로 뭔가 도울 방법이 있다는 게 뿌듯했다.
티셔츠 한 장으로 많은 이에게 감동을 주다니,
작은 기적이 이루어진 것 같았다.

아이티에서의 시간은 정말 빠르게 지나갔다.
도시락으로 대충 먹고 온종일 정신없이 봉사활동을 했다.
그렇게 일과를 마치고 숙소로 돌아오면,
시체가 된 듯 그대로 곯아떨어졌다.

100일 만의 꿈

햇빛에 반짝이는 모래알이 있는 하얀 백사장.
누군가가 나를 향해 달려왔다.
석규다!
분명 내 아들이다!
믿을 수 없었다.

너무 반가워서 눈물밖에 안 나왔다.
석규는 그 작은 고사리손으로 내 얼굴을 감싸더니 눈물을 닦
아줬다.
그렇게 꿈에서라도 보고 싶었지만 한 번도 모습을 보여주지
않던 내 아들…….
떠난 지 100일 만에 환하게 웃는 모습으로 내 앞에 있다.

녀석의 체온이 느껴질 정도로 생생했다.
"아빠, 내 친구들을 많이 도와주세요."
석규는 부드러운 미소로 내게 말했다.

그렇게 꿈에서 깼고,
깬 후 나는 한참을 울었다.
온 베개가 젖을 정도로……

곧바로 아내에게 전화를 했다.
"여보, 석규를 봤어. 잘 있는 거 같아. 여기 오길 정말 잘한 거
같아."
아내도 한참을 울기만 했다.

그날 이후,
한결 편한 마음으로 아이티 봉사에 매진했던 것 같다.
뭔가 사명감 같은 것도 생겼다.
내가 앞으로 해야 할 일이 뭔가를 깨닫는 순간이기도 했다.

'세상에는 나만 아픈 게 아니다. 나는 감당할 수 있는 아픔을
겪었다. 나보다 더 힘든 고통을 감내하는 사람이 얼마나 많은
가를 보았다. 앞으로 이 아이들을 도와줘야겠구나!'

김은혜 작가 작품

한 소년이
세상에 씨앗 하나를 남겼습니다.

그리고

그 씨앗은
나무로 자라서
지금은 수많은 열매를 맺게 했습니다.

나는 그 씨앗의 주인이
내가 아니라는 것을 깨달았습니다.

그리고

그분께
감사합니다.
사랑합니다.

나는 행복한 사람입니다.
슬프고 괴롭고 아프고 마음이 병든 힘든 시절,
한 분이 내게 찾아왔습니다.
천국을 소망하며 그곳에서 만난 반가운 아이의 미소가 보입니다.
아빠, 잘하고 있지?

아들아, 많이 힘들지?
이젠 내가 옆에 있으니 내 안에서 쉬렴.

의지할 곳 없던 나의 손을 잡아주시던 그분,
나 같은 죄인을 살리시고 누구보다 날 안아주시고
날 제일 사랑해주시는 주님.
십자가의 심장 안에서 함께 숨 쉬는 것이
얼마나 행복한가를 알게 되었다.

너무 감사합니다.
행복합니다.
사랑합니다.

해외 봉사를 마치고

한국으로 돌아오자 주변에서 "고생했다"며 날 위로해줬다.
하지만 오히려 나는 아이티 방문을 통해,
너무나 값진 선물을 받았고 큰 용기를 얻었다.
상황은 달랐지만,
가족을 잃고 아파하는 사람들을 보면서 되레 위로를 받았다.

한국에 돌아온 후 뜻밖의 소식에 가슴이 철렁했다.
내게 폭 안겼던 소년, 세손.
그 아이가 있는 고아원 앞에서 식량 분배를 받던 사람들이 몸
싸움을 벌였는데,
그 과정에서 누군가가 쏜 총에 세손이 맞았다는 거다.

이게 대체 무슨 일인가.
가슴이 울렁거렸다.
온종일 아무것도 할 수 없었다.
'내가 준 옷 때문에 총에 맞은 건 아닐까. 너무 눈에 잘 띄는 옷

을 줘서 사고를 당한 건 아닐까.'
미치는 줄 알았다.
또다시 자식을 잃을 것 같은 기분이었다.

얼마 후,
위독했던 아이가 회복되었다는 소식이 날아왔다.
온몸에 붕대를 감은 채 V 자를 그리며 활짝 웃는 세손.
아이의 사진을 NGO 활동가에게 받아 보고는 얼마나 눈물이
나던지…….
정말 다행이었다.

고맙다, 세손!
살아 있어줘서.

사실, 예전엔 미처 몰랐다.
사랑하는 사람을 잃은 아픔이 어떤 것인지.
내가 늘 행복했기에 주변 사람들도 나처럼 행복할 거라고만
생각했다.
그런데 슬픔을 겪고 나니 더한 슬픔을 가진 사람들이 내 눈에
보였다.
아무래도 석규가 내게 그 진실을 가르쳐주고 떠난 것 같다.

선물을 주고 간 아들

내게 너무 많은 걸 남겨주고 떠난 아들, 석규.

누군가에게 뭔가 해줄 수 있는 일을 하면,
그것을 통해 생각지 못한 그 이상의 가치가 돌아온다는 사실
을 깨달았다.

예전에는 한쪽 방향만 바라봤다면,
지금은 못 보던 곳까지 들여다보게 되었다.

석규가 그 밀알이 되었다고 생각한다.
석규의 밀알이 2배, 10배, 30배, 60배로 자란 셈이다.

참으로 고마운 아들,
녀석이 내게 알려줬다.
이제 슬픔에 빠진 사람을 위해 내가 발 벗고 나설 때라는 걸!

아들이 해야 할 몫까지 내가 하며 살아야 한다는 걸 깨달았다.
더는 슬픔에만 머물러 있지 않을 수 있을 것 같기도 했다.
예전처럼 즐거워하며 뭐든 열심히 도전했던 나,
그 모습을 석규도 진정 바라는 것이 아닐까 싶다.

먼 훗날 그 언젠가,
내 아들 석규를 만나면 이렇게 말할 거다.
"아빠 잘하고 왔어? 괜찮았어?"
그러면 내 눈물을 닦아줬던 천사 같은 아들이 엄지 척을 하며
말하겠지.
"아빠, 멋져!"
그런 자랑스러운 아빠가 되고자 나는 오늘도 간절히 기도하며
노력한다.

월드비전 홍보대사

내가 앞으로 아이들을 위해 뭘 하면 좋을까.
나만이 할 수 있는 건 무엇일까.
아이티를 다녀온 후 고민이 시작됐다.

지진이 난 후 현장의 그 참혹함을 보지 못했다면 모를까,
완전히 폐허가 된 아이티를 한 번의 봉사활동으로 끝낼 수 없
었다.

다시 일어날 수 있도록 내가 할 수 있는 일을 찾아야 했고,
그렇게 되길 간절히 바랐다.

결국 나는 한국 월드비전 홍보대사가 됐다.

"이렇게 시작해서 지금의 우리가 있네요.
너무나 귀한 시간! 앞으로 협력하면서
해야 할 일이 많은 것 같아요."

2013년에 김혜자, 박상원, 정애리, 박나림,
박정아, 한혜진, 유지태 등 월드비전 동료들과 사진을 찍었다.
김혜자 선생님은 월드비전과 30년째 함께하는 중이다!

학교를 짓자

그래, 아이티 아이들에게 학교를 만들어주자.
학교가 들어서면 아이들이 쉴 수 있고,
그곳에서 아이들은 미래의 청사진을 다시 그릴 수 있을 것이다.
그렇게 아이티 학교 만들기 프로젝트를 추진했다.

나는 예전부터 가족들과 주말에 인사동 거리를 즐겨 가곤 했다.
아내와 어린 두 아이도 미술 작품 보는 걸 좋아했다.
미술은 우리 가족에게 힐링이며 늘 기쁨을 줬던 것 같다.
미술 작품들에 고마운 감정을 느꼈다고 해야 하나?

그때부터 미술 작품에 좋은 의미를 담아,
자선으로 연결하면 참 좋겠다는 마음을 가졌다.
미술이 주는 기쁨을 만끽하는 것에 그치지 않고,
언젠가는 실행하겠노라 마음먹었다.
그 꿈은 석규가 떠난 후에야 비로소 구체화된 것이다.

2010년 내가 월드비전 홍보대사가 된 이후 시작된 자선 경매 〈I DREAM〉은
2019년까지 8회째를 맞았다. 많은 작가의 재능기부와 구매자들의 열정으로
누적 후원금 5억 2천여만 원 이상 모금했다.
모금액은 아이티의 재건복구를 위해 전액 후원되었다.
2019년 자선 경매 수익금 역시 아이티를 위해 사용되었다.

월드비전과 서울 옥션이 동참한 가운데 〈자선 미술 작품 경매〉
가 진행됐고,
이를 통해 아이티에 학교를 지을 구호기금 조성 프로젝트가
결정됐다.

우선, 평소 친분이 있는 화가들로부터 작품을 기증받았다.
경매 수익금 50퍼센트는 화가에게,
나머지 50퍼센트는 아이티에 주기로 했다.

경매 경험이 없는 분들이라 설득하느라 진땀을 빼긴 했지만,
감사하게도 좋은 뜻으로 하는 일이라며 최고의 작품을 내주
었다.
해외 화단에서 인정받은 화가들이 함께했고,
구혜선, 하정우, 박상원 등 동료 연예인들도 작품을 기증했다.
김혜자, 정애리, 유지태, 견미리, 나얼 등 많은 연예인도 동참
해줬다.

그렇게 시작한 경매 행사에 출품된 모든 작품이 이른바 '완판'
되었다.
제1회 〈자선 미술 작품 경매〉에서 1억 700만 원이라는 큰 기
금을 모을 수 있었다.
2010년 봄의 일이다.

감사하게도 모금 성과가 좋아 뿌듯했다.

하지만 더 중요한 것이 있다.

출품된 작가들도 기부 형식으로 동참을 해서 마음을 나눴다는
점이다.

그리고 전 작품이 완판되었다는 것은,

구매한 컬렉터들도 취지에 공감했다는 걸 뜻하니 그 감동은
배로 컸다.

이 자선 경매를 계기로 많은 작가를 알아가게 됐다.

1년에 한 번 경매 준비를 하면서,

어떻게 하면 더 훌륭한 작가들과 함께할지 고민도 깊어졌다.

결국 컬렉션은 누군가가 사줘야 한다.

시장에서 유통이 될 수 있는 작가들,

앞으로 가능성 있는 작가들이 나서야 한다.

그래서 신진 작가, 중견 작가, 원로 작가 들을 적절하게 매칭해
서 전시했다.

해마다 한 번씩 자선행사를 했고,

그 결과 수익금도 꽤 나왔다.

기부 행사를 시작하고 2년 뒤,

2012년, 드디어 아이티의 페티옹빌(Petion-Ville)에 결실이 맺혔다.

메일론 보이스 코촌(Maillon et Bois Cochon)에 300명의 아이들이 공부할 수 있는 초등학교가 지어진 것이다.

아이티 자선 경매에 참여한
문정희 작가의 작품을
새롭게 세워지는 학교에 기증했다.

아들아!
내 꿈에서 어린 친구들을 도와주라고 했지?
보지 못했던 세상을 볼 수 있게 해줘서 고마워.
아빠는 계속 아이들을 섬기는 것을
행복으로 생각하며 살게.
우리, 멋지게 천국에서 만나자.
사랑해!

무너져내린 아이티의 학교 위에
새롭게 희망의 학교를 세울 수 있었다.
이 모든 것을 함께 한 월드비전, 서울옥션,
그리고 많은 예술작가 여러분께 감사드린다.

초기 학교(위)와 새롭게 지은 학교(아래)

2012년. 드디어 학교가 완성되었다.
이 학교는 많은 사람이 노력하여 이루어낸 결실이다.
새롭게 세워지는 학교 학생들과 한 컷.
한국에서 준비해 간 티셔츠와 교복 색깔이 똑같아 너무 놀랐다.
학교 아이들이 타임캡슐에 넣을 본인들의 꿈과 희망을 적었다.
20년 후 개봉했을 때 이들의 꿈이 현실로 이뤄질 수 있겠지?

학교의 이름도 지었다.

'케빈 스쿨(Kevin School)'이다.

이는 사실 석규의 영어 이름이다.

아들을 떠나보낸 후,

한 아이의 아버지에서 지구촌의 아버지로 거듭나는 순간이

었다.

가슴속에 무언가 뜨거운 게 올라오는 느낌이 들었다.

학교 안에 걸려 있는 석규의 초상화는
마치 학교를 지켜주는 것 같다.

첫 번째 프로젝트 대성공!
용기가 생겼다.
감사합니다!

따뜻한 마음으로 기꺼이 참여해준 여러분 덕분에 벽돌을 올릴
수 있었다.
그 고마움을 담아 아이티 학교 건물 동판에 작품을 기부한 화
가들의 이름을 새겨 넣었다.

사실 이렇게 성공적인 프로젝트를 할 수 있었던 건 든든한 동
역자인 월드비전의 역할이 크다.
자선 콘서트와 그림 경매 등 다양한 나눔 행사를 통해 기금을
모을 때마다 늘 넘치게 채워져서 아이들을 위한 꿈이 생각보
다 빨리 이루어질 수 있었다.

아버지니까 멈출 수 없다

첫 모금액 1억 700만 원을 시작으로,
매년 월드비전과 협력하여 기금을 아이티로 보내고 있다.

안타깝게도 올해는 코로나19 때문에 아이티를 가지 못했지만,
작년까지만 해도 아이티를 방문했다.

기금이 어떻게 쓰였는지 확인하는 여정이기도 하지만,
무엇보다 가장 큰 목적은 이것이다.
그곳에서 연을 맺은 자식 같은 아이들과 다시 만나는 것!

지진으로 무너진 학교의 터를 다시 닦고,
튼튼한 기둥을 새로 올리고,
그렇게 세워진 학교.
그곳에서 좋은 선생님들과 함께 공부하는 아이들…….
그들을 만나면 보고 있어도 또 보고 싶다.

2012년, 학교 기공식 날이었다.

임시 천막 아래에서,

아이들이 삐뚤빼뚤 줄을 선 채 노래를 불러줬다.

불어로!

나는 다 알아들은 것만 같았다.

마음으로 알 수 있었다.

그 뭉클한 감동을 잊을 수가 없다.

그런데 사실 자선 경매를 진행하면서 마냥 좋기만 한 건 아니었다.

몇몇 사람이 아들을 잃은 다른 선배 연예인과 비교하면서 수군댔다.

"어떤 아버지는 차분하게 슬픔을 삭이는데, 이광기는 너무 나대는 것 같아서 씁쓸하다!"

물론 자식을 잃은 죄인이라지만,
나와 가족이 언제까지 그늘에서 숨죽인 채 살아야 할까.
나는 공인이니까 모든 비난을 감수할 수 있지만,
내 가족도 같이 상처를 받고 숨어야 할까 싶었다.
하지만 언젠간 나의 진심을 알아주리라.

중학생이 될 무렵,
딸 연지도 나와 함께 아이티를 다녀왔다.

아빠가 그간 해온 나눔의 현장을 직접 보여주면서,
딸 연지에게도 남을 위해 사는 따뜻한 삶에 대해 가르쳐주고 싶었다.

물론 아이티를 동행한 딸은 꽤 힘들어했다.
아직은 어린 나이라 견디기 힘들었을 거다.

그러다 보니 나와 이래저래 다투기도 했다.

그렇지만 그 과정을 통해 우리 부녀의 관계는 많이 나아졌다.
사실 한창 사춘기였던 연지는 홀로 어려운 시기를 보내고 있
었다.
다행히 함께하여 만든 몇 개의 에피소드가 우리를 밀착시켰다.
우리 부녀는 아이티를 다녀오기 전보다 사이가 훨씬 좋아졌다.

무엇보다 한국에 돌아온 연지가 확연히 달라졌다.
아이티에서 가져온 진흙쿠키를 학교 친구들에게 나눠주며,
아이티의 지옥 같은 현실을 전했다.
먹을 게 없어 진흙쿠키를 먹는다는 비참한 현실을 마주한 아
이들은,
'우리가 정말 편한 환경에서 살고 있구나'라는 사실을 깨달았
다고 한다.

NGO 홍보대사는 꿈같은 일

내가 NGO 홍보대사를 하게 될 줄이야.

친구 만나 놀 시간도 없는데,

아이들을 위한 자선 미술 작품 전시를 하다니!

과거라면 상상도 하지 못했을 일이다.

'나눔을 실천하려면 뭔가 부담이다.'

이렇게 생각하는 사람들에게 말해주고 싶다.

나도 처음엔 10분의 1을 나눔에 쓴다는 게 아쉬웠다.

그런데 신기하게도 10을 내놓으면 또 다른 게 그 빈자리를 채

운다.

비우면 채워지는 것!

그게 내가 경험하고 얻은 진실이다.

'나눔이라는 건 어렵다.'

이렇게 생각하는 사람들에게도 말해주고 싶다.

지나친 나눔으로 삶에 부담되거나 의무가 돼버리면 안 된다.

생활 속의 나눔이 되어야 하는 거다.
나눔이 의무가 되는 순간,
짐이 될뿐더러 진정성은 사라진다.

예전에는 누군가에게 내가 받은 만큼 줘야 한다고 생각했다.
하지만 이제는 아니다.
적더라도 나눔이라는 것 자체가 내 일부분이 되어야 하는 거다.
바로 진정성이다!

삶의 방향과 목표가 없을 땐
희뿌연 안개 속을 걷는
느낌이었습니다.

그때 아이티를 방문하게 됐고,
한 아이를 알게 됐습니다.

그 아이를 통해
내가 나아가야 할 방향을 찾았어요.
안개가 걷히고 내가 걸어가야 할 길이
선명하게 보이기 시작했습니다.

삶의 방향이 명확해지면 그때부터
삶이 즐거워지고 행복해진다는 것을,
마흔이 넘어서 알게 된 것이죠.

삶이 꽃이라면 죽음은 삶의 뿌리입니다.

인생을 살다 보면,

과거를 잊고 살고 싶은 일들도 있지만,

과거를 기억하며 살고 싶은 일도 생깁니다.

기억하고,

추억하고,

보고 싶을 때,

하지만 다가오는 새로운 기쁨 때문에

추억이 흐릿해집니다.

그래서 과거의 추억에 미안합니다.

붙잡고 싶어도 새로운 기쁨에

점점 잊힘에

더욱 그 기억이 그립습니다.

삶이 꽃이라면, 죽음은 삶의 뿌리다

아이티 현장에 갔을 때,
배우로서 내가 할 수 있는 건 말뿐인 위로가 전부였다.

실질적인 도움을 주는 사람들은 따로 있었다.
의사는 치료로써, 음악가는 연주로써 그들을 도와주었다.
또 사진작가들은 기록을 남김으로써,
그들의 실상을 세상에 알려 그들을 도와주었다.

과연 나는 무엇으로 실질적인 도움을 줄 수 있을까.
그래서 사진을 찍기 시작했다.

지진으로 모든 것이 무너져 내린 아이티였지만,
그럼에도 그곳의 아이들은 항상 환하게 웃었다.
그 미소에서 난 희망을 봤다.
그 '희망'의 순간을 사진으로 남겨서,
절망에 빠진 또 다른 이들에게 선물하고 싶다는 생각이 들었다.

큰 재난을 겪은 뒤 남겨진 아픈 실상도 중요하지만,
그 와중에 아이들의 웃는 모습이라니.

"작가님, 사진 좀 가르쳐주세요."
그렇게 사진을 배워보기로 했다.
"기술적으로 찍으려 하지 마. 네가 갖고 있는 감성과 마음으로
피사체가 프레임 안에 들어왔을 때 행복한 마음이 드는 그때
셔터를 눌러봐."
사진을 가르쳐달라는 내게 사진작가의 조언은 큰 용기가 되
었다.

정물 '꽃'을 찍어보기로 했다.
평범한 소재로부터 뭔가 특별한 끌림을 유도하기란 쉬운 일이
아니었지만……

뭔가 한 번 하면 끝장을 봐야 하는 나는 당장 꽃을 샀다.
1일 차, 2일 차, 3일 차, 4일 차……
매일같이 꽃을 놓고 사진을 찍었다.
작업실에 조명까지 번듯하게 설치해놓고 말이다.

그러던 어느 날,
작업실 화병의 꽃 목련이 시들어가고 있었다.

재밌는 것은,
그 와중에 한쪽 가지에 작은 꽃봉오리가 맺혀 막 꽃피우려 했다.

목련 앞에서 생각에 잠겼다.
한쪽은 죽어가고 있지만,
또 다른 쪽에서는 꽃이 피다니……

뭔가 내 인생과 비슷하다는 생각이 들었다.

봄 향기 온 세상에 가득!
이젠 봄이네요.
어느덧 우리 가족에게도 봄이 왔습니다.

3년 만에 우리 집 베란다 화단을 정리했습니다.
프리지아꽃 향기가 온 집 안에 가득하네요.
아내의 행복한 표정을 보니 제가 더 기쁘네요.
앞으로 아내가 기뻐할 일들을 더 찾아봐야죠.
내가 봐도 우리 집 화단 참 아름답네요.

'꽃'을 보고 있으면,
마치 '죽음의 과정'을 보고 있는 것 같지 않은가.

독일의 유명 사진작가 마이클 웨슬리가 시들어가는 꽃잎을 보
며 '시간의 흐름'에 주목했다면,
나는 '꽃'이야말로 가장 단시간에 삶과 죽음을 표현할 수 있다
고 생각했다.

사실 얼마 전까지 우리 가족은 시들어가는 꽃이었다.
하나가 시들면 주변의 꽃도 함께 지듯이,
석규를 잃은 후 우리 가족은 하루하루 메말라가고 있었다.
그러다 우연히 지구 반대편의 아이티에서 나눔을 실천하며
'희망'을 본 후,
피어나는 꽃처럼 다시 살아야 할 목표가 생겼다.

삶은 그 무엇보다 아름다운 꽃이라면,
죽음은 시들고, 아프고, 슬프고, 괴로운 거라고, 끝이라고 생각
하지 말라.

뿌리는 겨우내 언 땅속에서 버티다가,
계절을 지나 다시 새싹을 틔운다.

그 새싹은 자라 나무가 되고, 열매를 맺는다.
튼실하게 열린 열매를 보고 많은 이가 얼마나 기뻐하는가.
메마르고 시들어 죽을 뻔한 내 마음에 석규와 아이티에서 만
난 소년 세손이 '희망'이라는 씨앗을 심지 않았다면,
나는 지금도 여전히 그 무엇 하나 피워내지 못한 채 시들고 병
들었을 것이다.

삶이 꽃이라면, 죽음은 삶의 뿌리다!
온 마음을 담아 '꽃'을 열심히 찍었다.
그때부터 해외를 나갈 때마다,
카메라를 들고 가 아이들의 웃는 모습을 기록하기 시작했다.
그렇게 사진을 찍은 지 어언 11년째다.

그사이 내 사진전은 물론 뜻이 맞는 사진작가들과 협업을 해,
몇 차례 전시회를 열기도 했으며 나눔을 위한 기부도 하고 있다.

2016년에 연 첫 개인전
'삶이 꽃이라면 죽음은 삶의 뿌리다'에서
발표한 작품

마음을 강하게 하고 담대히 하라

〈5절〉
네 평생에
너를 능히 대적할 자가 없으리니
내가 모세와 함께 있었던 것 같이
너와 함께 있을 것임이니라
내가 너를 떠나지 아니하며
버리지 아니하리니

〈6절〉
강하고 담대하라
너는 내가 그들의 조상에게 맹세하여
그들에게 주리라 한 땅을
이 백성에게 차지하게 하리라

〈7절〉
오직 강하게 극히 담대하여
나의 종 모세가 네게 명령한
그 율법을 다 지켜 행하고
우로나 좌로나 치우치지 말라
그리하면 어디로 가든지 형통하리니

〈8절〉
이 율법책을 네 입에서 떠나지 말게 하며
주야로 그것을 묵상하여
그 안에 네 길이 평탄하게 될 것이며
내가 형통하리라

〈9절〉
내가 네게 명령한 것이 아니냐
강하고 담대하라
두려워하지 말며 놀라지 말라
네가 어디로 가든지
네 하나님 여호와가
너와 함께 하느니라 하시니라

_여호수아 1장 5~9절

이제 내 인생은 끝났다고 생각한 게 2009년 11월 8일이다.

어떤 방법을 찾아도 도저히 방법이 없었고,

모든 것을 내려놓았을 때 당신을 만났다.

그 뒤로 매일 밤 당신에게 의지하여 기도하고 눈물을 흘렸다.

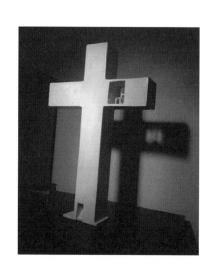

나는 이 십자가를 선물한 절친 문형태 작가에게 항상 감사하다.
내가 어렵고 힘들던 그때 문 작가에게 전화해서 무작정 말했다.
"나 십자가 하나만 만들어줄래?"

한마디 거절 없이 문 작가는 알겠노라 했고,
그렇게 세상에 하나뿐인 이 십자가를 손에 쥔 순간
하염없이 눈물 흘렸다.

그분은,
십자가 계단을 통해 나를 십자가 속 마음의 의자로 인도하셨다.
매일매일 십자가 앞에서 기도하고, 회개하고, 감사의 기도를 드렸다.

"이 십자가는 나에게 쉼이요, 행복입니다.
여러분도 쉼과 행복을 원한다면 십자가 안으로 들어오세요.
이 빈 의자가 여러분의 쉼 의자입니다."

항상 기뻐하라,
쉬지 말고 기도하라,
범사에 감사하라

내 아들 석규를 통해
나눔을 알게 되었다.
석규가 나에게 커다란
선물을 주고 간 거다.

기뻐하고, 기도하고, 감사하고

'항상 기뻐하라, 쉬지 말고 기도하라, 범사에 감사하라.'

내가 좋아하는 성경 말씀인데,
기도할 때는 물론 늘 마음속에 담고 있다.
이 성경 구절이 지금의 나를 있게 한 힘이다.

석규를 떠나보낸 후 그저 모든 상황이 원망스럽고 화가 났다.
하지만 어느샌가 석규는 또 다른 사랑의 실천 방아쇠가 됐다.

모든 것에 감사함과 기쁨으로 바뀌었고,
세상의 모든 것에 감사하다.

거듭 말하지만,
내 아들 석규를 통해 나눔을 알게 되었다.
석규가 나에게 커다란 선물을 주고 간 거다.

나는 항상 힘들 때마다 하늘을 향해 묻는다.
"아들아, 아빠 잘하고 있지?"
그러면서 버텨온 것 같다.

남부끄럽지 않게 열심히 살다가,
아들이 있는 곳으로 가면 꼭 하고 싶은 말…….
"아빠, 잘했지? 아빠, 괜찮았어?"

용기를 줘, 이석규!
힘을 내자, 이광기!

지금도 울컥한다

지금도 가끔 함께 옛날 사진을 꺼내 보며 울컥하곤 한다.
힘든 일을 겪어보니 사람의 마음이란 참 이중적이지 싶다.

그리움에 사무쳐 서럽다가,
좋은 곳에 먼저 가 있을 거라며 애써 스스로 위로한다.
그러다 잠시 잊고 있던 건 아닌지 미안해진다.
아쉬움이 왜 없겠나.
지금은 코로나19로 국민 모두가 바이러스에 대한 심각성을
너무 잘 알잖나.
하지만 당시만 해도 바이러스에 대한 정보 부족으로 모두가
우왕좌왕했던 것 같다.

아이가 떠난 지 12년이 되었다.
하지만 당시 아이와 생이별을 한 병원은 지금도 갈 수 없을
만큼 우리 가족은 여전히 트라우마를 겪고 있다.
솔직히 이것은 평생을 가도 털어내지 못할 거 같다.

믿음으로 사는 나

나와 아내가 힘을 낼 수 있었던 것은 종교의 힘이 컸다.

나는 원래 불교 신자였다.
크리스천인 아내는 매일 기도를 했다.
결혼 전에도 결혼 후에도,
아내는 나를 위해 늘 두 손을 모았다.

아내에게 미안했다.
사람 만나고 노는 게 전부였던 나임에도 한결같은 내 아내 지
영이.
부족한 나였지만 꼭 변할 거라는 믿음으로 나와 결혼했을 텐
데…….

이대로는 안 되겠다!
아내가 기뻐할 뭐라도 해주고 싶은 마음이 들었다.
못이기는 척 아내를 따라 교회를 갔다.

그런데,

맙소사!

그렇게 졸릴 수가 없었다.

예배를 보는 내내 목사님 말씀이 내겐 거의 자장가 수준이었다.

솥뚜껑 신앙이었던 내겐 당연한 일이었으리라.

아내와 교회를 다녔지만,

실은 무늬만 교인이었지 신실한 크리스천은 아니었다.

교회는 나에게 필요에 의한,

그저 좋은 인맥을 쌓기 위한 액세서리 같은 거였다.

그래도 아내는 내게 불평 한마디 없이,

내 손을 잡고 교회를 나갔다.

일곱 살 석규가 떠나기 일주일 전,

우리 부부의 결혼기념일이었다.

석규는 노래를 불러줬고,

나와 아내와 제 누나 연지의 발을 닦아주었다.

그게 그 아이가 우리 가족에게 마지막으로 남긴 선물이 될 줄이야!

그 모습이 눈에 밟혀,

하늘에 대고 원망도 참 많이 했다.

"왜 내 아이여야 했습니까?"

아들이 세상을 떠난 뒤 주변 사람들은 말했다.
"천사가 됐을 거야."

하지만 인정하고 싶지 않았다.
왜 하필이면 내 아들이어야 했는지,
왜 내 아이가 총대를 메고 다른 아이들이 생명을 얻어야 했
는지…….

솔직히 나도 다른 아이를 통해서 내 아이를 살리고 싶었다.
이건 부모라면 같은 마음이 아닐까.

하지만 장례식장에서 아이의 너무나 평온한 모습을 보고는
반성했다.
그때 무릎을 꿇고 회개의 기도를 처음으로 했던 것 같다.
"귀한 생명을 제가 아비로서 관리하지 못했습니다. 내 손에
잡히는 모든 게 내 것인 줄 알았는데 욕심이었나 봅니다. 칠
년 동안 아이를 통해 예쁜 모습만 기억할 수 있는 기쁨을 주
신 것에 감사합니다."

하늘에서 십자가를 봤어요

석규를 보낸 지 두 달이 좀 안 된 어느 날이었다.

아이를 안치한 추모공원으로 가는 새벽길,

갑자기 하늘이 네 쪽으로 열리더니 마치 십자가 같은 형상이

보였다.

응? 뭐지?

심하게 떨렸다.

그러면서 가슴이 뜨거워지기 시작했다.

2010년 가을

새벽기도 후 석규가 너무 보고 싶었다.
아이가 잠든 추모공원 하늘문으로 가는 새벽길,
그분은 내게 십자가 형상을 보여주셨다.
아이가 천국에 잘 있다는 그분의 메시지였다.
나는 감사의 눈물을 펑펑 흘렸다.
주님, 감사합니다.

그날 오후 추모공원에서 아들을 잃은 어머니 한 분을 만났다.

아들은 생전에 초등학생이었다고 했다.

엄마와 교회에서 돌아오다 덤프트럭에 치여 그 자리에서 세상을 떠났단다.

아빠도 없이 세상에 덜렁 단둘이던 모자지간.

엄마는 같이 따라 죽으려고 했단다.

그러다 아들이 남긴 쪽지를 보고는 마음을 바꿔먹었다고 했다.

'엄마 사랑해요. 우리 곁에 하나님이 있어요. 우리 힘을 내요.'

엄마는 아들의 쪽지를 가슴에 품고 다닌다고 했다.

나는 그녀의 손을 잡아줬다.

눈물을 흘리는 그녀를 보고 있는데,

나도 모르게 마음이 말을 했다.

'하나님, 감사합니다.'

나보다 더 힘들고 아픈 사람들도 사는데,

나도 살아야지!

그래, 난 살아야 했다.

비록 아이를 떠나보낸 우리 부부지만,

참으로 역설적이게도 필리핀으로 아내와 봉사 갔을 때,
갓 태어나는 신생아 세 명의 탯줄을 직접 잘라줬던 일이 가장
소중한 경험으로 남는다.

아내가 임신을 했다

석규가 떠나고 3년 여 만의 일이다.
놀랍고, 뛸 듯이 기뻤다.
새 생명의 탄생은 누구에게나 축복이지만 특히 석규를 잃고
절망 속에서 살았던 우리 가족에겐 더욱 그 의미가 특별했기
때문이다.

아이를 낳을 결심을 한 건 필리핀에서였다.
아내와 함께 봉사차 방문한 현장에서 기적을 만났다.
6개월 동안 아이를 낳은 산모 하나가 없었다는 산부인과에
우리가 머무는 동안 세 명의 남자아이가 태어났다.
이후 우리 부부는 아이를 갖기 위해 노력했지만 쉽지 않았다.
주변에서는 인공수정을 권하기도 했지만,
이미 딸이 있는데 그렇게까지 할 필요가 있을까 싶었다.

그런 우리에게 기적이 생긴 거다.
만감이 교차하면서 석규 얼굴이 떠올랐다.

미안한 마음과 걱정하는 마음이 동시에 생겼다.

'석규가 서운해하면 어떡하지?'

'아이가 태어나서 석규가 잊히면 어쩌지?'

하지만 연지의 한마디에 걱정 따윈 안 하게 되었다.

"아빠, 엄마! 석규한테 다 못 준 사랑을 셋째한테 주고 싶어. 동생을 낳아줘."

그날부터 아이가 태어나는 날까지 아내와 정말 열심히 기도하고 또 기도했다.

'하나님, 이런 영광을 주셔서 감사합니다. 늘 배려하며 살겠습니다.'

2011년 1월 12일 오전 9시 59분,

드디어 셋째가 태어났다.

눈이나 눈썹, 얼굴이 나와 내 아내를 절반씩 쏙 빼닮은 아들이었다.

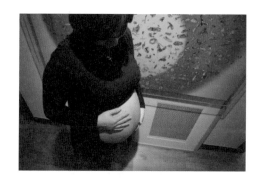

2011년 추운 겨울, 아내의 만삭 모습이다.

우리 축복이⋯⋯.
아내에게 정말 미안하다.
요즘은 만삭 사진을 찍는다는데 찍어주지 못했다.
이 사진도 연지가 직접 집에서 촬영한 것이다.
출산 준비를 하는데 뭐가 이리도 많은지 깜짝 놀랐다.

<u>2012년 1월 12일 오전 9시 59분, 축복이 탄생</u>

우리 가족과의 첫 만남,
아이를 내 품에 안는 순간,
말할 수 없이 기쁜데 눈물이 난다.
그날,
우리 가족들의 축하를 받았지만,
난 아무 소리도 들리지 않았다.
나의 시선과 마음은 오직 축복이를 향했다.
고마워, 다시 돌아와줘서.
하나님, 정말 감사합니다.

나의 아내 박지영!
고맙다.
사랑한다.

가족들을 비롯한 지인들의 기도와 함께
3.15킬로그램의 건강한 남자아이 축복이를 맞이했다.

하나님,
제가 용기를 갖고 다시 시작할 수 있는
소중한 선물에 대한 영원한 감사를
일과 봉사를 통해 보답하도록 하겠습니다.

그런데,

함께 기쁨을 나눌 아내가 보이지 않았다.

수술실에서 나올 생각을 하지 않는 거다.

"어떻게 된 거예요? 우리 아내는 괜찮나요? 선생님?"

아내는 전치태반이라고 했다.

태반이 자궁의 입구를 막고 있었던 것.

그 때문에 아이를 낳은 후에도 하혈이 계속되어 자궁을 들어
내야 하는 상황이 왔다.

한 시간, 두 시간, 세 시간······.

병원 복도에 홀로 앉아 있는데 별별 생각이 다 들었다.

수술 동의서에 사인하고 분만실을 들여보낸 내가 원망스러
웠다.

혹시 잘못돼서 석규에 이어 아내까지 떠나면······.

나는 걱정이 되어 안절부절못했다.

소속사를 통해 이미 보도자료가 뿌려진 상황이라 계속 축하
메시지가 들어오고 있었지만 나는 거의 패닉 상태였다.

사람들에게 알리지도 못하고 수술이 잘 끝나기만 기다렸다.

그때 하늘에서 눈이 내리기 시작했다.

나는 뛰쳐나갔다.

바깥을 나가 보니 거짓말처럼 눈이 오고 있었다.

그렇게 눈을 좋아했던 내 아들 석규 생각이 간절했다.

'석규가 축하해주는구나. 동생이 태어났다고 기뻐해주는 거니?'

무려 5시간 40분의 시간이 흘렀다.

마침내 수술이 끝났다.

아내는 62팩이나 되는 피를 수혈받을 정도로 피를 많이 흘렸다고 했다.

수술을 마치고 나온 의사의 몸은 온통 피투성이였다.

침대 위의 아내를 보자마자 붙잡고 펑펑 울었다.

얼굴엔 산소 호흡기가 끼워져 있고 링거를 단 채였다.

아내는 아직 깨어나지 못하고 있었다.

그리고 이동한 곳은 중환자실……

그 순간, 발걸음을 멈출 수밖에 없었다.

중환자실의 트라우마……

몇 년 전 석규가 들어갔던 곳도 중환자실 아닌가.

아내와 석규 얼굴이 오버랩되면서 온몸이 휘청였다.

제대로 설 기운도 없어서 병원 찬 바닥에 주저앉아서 엉엉 울었다.

'아버지, 너무 힘듭니다. 내게서 혹시 또 우리 아내를 데려가는
건 아니겠죠? 미칠 것 같습니다. 내가 할 수 있는 건 뭔가요?'

그렇게 아내는 며칠 동안 깨어나지 못했다.
난 아내가 극복하고 이겨주길 바랐다.
내가 할 수 있는 건 오직 기도뿐이었다.

'아내를 살려주세요. 내 아내가 아이 젖 한 번만 물릴 수 있게
해주세요. 그러면 제가 하나님이 하라는 대로 다 할게요. 가
라는 대로 다 갈게요.'

이틀 만에 아내가 눈을 떴다.
"내 아들 보고 싶어."
아내는 활짝 웃었다.
그제야 의사는 죽을힘을 다한 보람이 있다며 웃었다.

2012년 1월 12일,
준서는 그렇게 우리 가족이 되었다.

공교롭게도 아이티 지진의 2주년이 되는 날이라니!
세상에!

영원히 그곳을 잃어버리지 말라고 아이의 생일로 문신을 박
아주셨구나!
나는 이제 거부할 수 없구나!

하나님이 날 살려주셨지만 하나님을 통해 내 삶이 바뀐 것이다.
나의 마음이 영원히 아이티를 향하라는 하늘의 메시지는 아
닐까.
할렐루야!
나는 다시 무릎을 꿇었다.

'하나님 아버지,
언제든지 당신을 멀리하는 순간에서부터 저는 분명히 가시밭
길일지도 모릅니다. 하지만 그걸 두려워하지 않겠습니다. 오
직 그 가운데서 당신을 다시 찾아가는 길을 알고 있으니까요.
길을 아는 것과 길을 모르는 것, 그 차이를 압니다.
포기하지 않는다는 걸 제가 알기 때문에 고난의 길을 앞으로
가더라도 또 찾아 나설 겁니다.
항상 그 마음으로 살아갈 겁니다.
오 주여!'

우리 축복이가 이젠 준서다.
이준서!
볼수록 날 닮은 준서.
아빠가 이제야 힘이 난다.
아자아자 파이팅!
열심히 하던 일을 멍하니 손 놓은 게 많다.

무엇부터 시작할까?
이젠 나를 추스르기보다는
내 주변을 먼저
살피지 않으면 안 될 것 같다.
특히 보살핌이 필요한 아이들…….
나는 외면해선 안 된다!

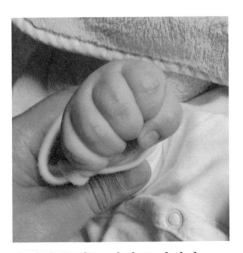

우리 축복이 준서의 주먹이다.
한 주먹 한다.
보통 아기들은 엄지를
안으로 해서 주먹 쥐는데,
어른처럼 주먹을 쥔다.
뭔가를 쥐고 있는 거겠지?
그게 바로 행복이라 믿고 싶다.
행복을 꼭 쥐고 함께 가자.

준서는 내 복덩어리

오랜만에 우리에게 다시 선물이 왔다.
삶의 나이가 이 아이를 통해 거꾸로 흐른다.
더 젊어지는 이유다.
그야말로 준서는 너무 귀한 선물이다.

주님,
사랑해주셔서 감사합니다.

쉬지 않고 기도하지 않았다면 어땠을까.
우리 셋째 준서는 태어날 수 있었을까.
감사함이 없었다면 내가 아이티에 학교를 지을 수 있었을까.
그리고 내가 이런 감사한 마음으로 아름다운 세상을 볼 수 있
었을까.

50일째를 맞은 우리 축복이 준서!
볼이 아주 빵빵하다.

내 이름은
이광기,
끼 있는
남자

순탄치 않은 길…….
여태 걸었고 앞으로도 그럴
지 모르지만,
나는 이 길을 지혜롭게 헤쳐
나갈 것이다.
내 아내 지영이가 있고,
우리 석규와 연지 그리고
준서가 함께하니까.

요즘 드라마 안 해요?

"요즘 드라마 안 해요? TV 왜 안 나오세요?"
선택받는 직업군을 가진 내가 자주 듣는 질문이다.
담담히 익숙해져야 하는 질문이기도 한데,
솔직히 고백하자면 이유는 심플하다.

몇 년 사이 매니저 없이 개인적으로 활동하면서 방송 관계자
와의 접촉 기회가 좀 부족했던 것 같다.
또한 최근 시대적 흐름에 따라 중견 배우가 움직일 수 있는 방
송 환경의 폭이 좁아진 것도 내가 방송 활동이 뜸해진 이유다.

배우는 감성을 먹고 산다는 걸 새삼 느낀다.
자존감이 떨어지면 열의가 떨어질 수밖에 없다.
연륜이 쌓여갈수록 직업에 보람을 느껴야 하는데 현실은 그렇
지 못한다는 생각이 든다.

최근 들어 드라마 제작 시스템이 바뀌기도 했지만, 인기도에

따라 젊은 남녀 주인공한테 치우쳐 책정되는 개런티도 점점 많아지는 게 요즘의 방송 현실이다.

과거처럼 경력에 따른 등급제 출연자는 설 자리가 없는 것 같다.

물론 종종 출연 제의를 받긴 하는데 쉽지가 않다.

인생은 하륜처럼

2015년 〈징비록〉을 끝으로 본의 아니게 연기 공백기를 보내고 있는 내게 6년 전 출연한 사극 〈정도전〉은 나의 '인생작'이다.

〈정도전〉은 고려에서 조선으로 교체되는 시기에 새 왕조를 설계한 정도전의 이야기인데 당시 시청률도 꽤 높았다.

그때 내가 맡은 인물은 '하륜'이었다.
사실 극 중 대사가 많진 않았다.

〈용의 눈물〉에서 임혁 선배님이 연기한 걸 보긴 했지만,
솔직히 말해 '하륜(河崙, 1347-1416)'이라는 인물에 대해서는
잘 몰랐다.
게다가 이제 와 고백하자면 극 초반에는 비중이 워낙 작아서
속을 끓이기도 했다.
야심만만하게 권력의 주변을 맴돌긴 하지만 초반에 뭐 좀 하
려고 하면 유배 가거나 한마디 하고는 사라지는 식이었다.

나의 인생 캐릭터 하륜

그래서 좀 초조했고 출연하면서도 내심 속이 상했다.
하지만 후에 그토록 반응이 좋을 줄은 정말 몰랐다.

하륜은 누구인가.
한국 정치사상 가장 파란만장한 시대인 고려 말 조선 초 때의
인물이다.
그는 이성계의 책사 정도전과 대립하며 이방원이 왕위에 오르
는 데 기여한 조선 초의 문신이다.

정권의 중심이 자주 바뀌어 혼란하기만 했던 시대에 무려 9명
의 임금 시대를 살았고,
7명의 임금을 섬긴 후 어지간한 조선 왕들의 수명에 버금가는
70세까지 천수를 누렸다.
권세의 1인자 이인겸 옆에 섰던 그는 걸인 정도전에게 유일하
게 존대했다.
목은의 파문 선언 이후로 모두 정도전을 업신여기고 심지어
뺨까지 때릴 때,
정도전을 보고 '사형'이라 부른 유일한 인물이다.
또한 조선 건국 후 소외된 이방원에게 다가가 "소생, 하륜이옵
니다"라고 하며 난세 최후의 승자로 자리매김한 인물이다.

어찌 보면 불을 담고 있는 자들 중 하늘을 향해 불을 뿜어내던

최고의 사람이 아닌가 싶다.

그래서였을까.

언제부터인가 나의 인생 모토는 '하륜처럼'이다.

하륜은 인생을 통틀어 끝까지 적을 만들지 않았다.

'나아갈 때와 물러갈 때'를 가리고 자신의 목적을 숨겨 불필요한 적을 만들지 않았다.

누구와도 우호적인 관계를 유지하며 시대의 흐름을 헤아릴 줄 아는 지혜를 보여주었다.

 살면서 적을 만들지 않는 일이 쉬워 보이긴 하나 사실 가장 어려운 것이리라.

그걸 해낸 하륜이야말로 당연히 인생의 승자라고 생각한다.

내려놓으니 마음 편하다

생각해보면 한창 잘나가던 30대엔 이미 많이 갖고도 더 붙들기 위해 욕심을 부렸던 것 같다.

힘들고 어렵게 얻은 인기를 내려놓기도 두려웠다.

하지만 아무리 가져도 만족은커녕 행복이라는 걸 모르겠더라.

드라마를 포함해 예능까지 6개를 하다가 5개로 줄면 그게 더 괴로웠다.

어쩌면 연예인으로 사는 사람들의 숙명인지도 모르겠다.

그런데 조금만 생각을 바꾸면 삶은 달라진다.

매사 감사하는 마음이 저절로 생기더란 말이다.

과거 드라마와 영화는 물론, 예능으로 눈코 뜰 새 없이 활동하던 시절보다 사진작가, 유튜버, 미술 컬렉터로 활동하는 요즘이 개인적으로는 행복 지수가 더 높다.

게다가 수익보다는 공익에 더 큰 비중을 두기 때문에 이웃과 더불어 나눔을 실천해간다는 게 더 큰 의미로 다가온다.

수년간 배우로 활동하며 받은 사랑을 문화예술 사업으로 되돌려 줄 수 있다는 게 얼마나 행복한 일인지 안 해본 사람은 모른다.

1985년, 〈해돋는 언덕〉으로 데뷔하다

고등학교 때의 일이다.
친구 녀석이 탤런트 시험을 보러 간다며 같이 가자는 거다.
그 유명한 '친구 따라 강남을 간' 것이다.
얼결에 나도 시험을 봤는데 덜컥 합격해버렸다.
그때 친구는 떨어졌다.

그런데 돈을 내라는 거다.
탤런트 시험에 합격했는데 돈을 내라고?
이상했다.
알고 보니 방송국이 아니라 연기학원에서 시험을 본 거였다.
당시 심사위원으로 감독도 있고,
심지어 탤런트 강부자 선생님까지 계셔서 당연히 방송국에서
하는 탤런트 채용시험인 줄 알았다.

이왕 이렇게 된 거 학원비를 내고 연기학원 등록을 했다.
학원비를 날리면 안 된다는 생각에 정말 열심히 다녔다.

잘 알지도 못하는 셰익스피어 등은 물론 대학생들이나 읽는
《배우수업》,《연기수업》을 수십 번 읽었다.
무슨 소리인지 잘 이해하지 못했지만 버스 탈 때마다 들고 다
니면서 무조건 읽고 외웠다.

얼마 후 학원 원장은 내게 드라마 오디션을 볼 기회를 줬다.
떨리는 마음으로 오디션장에 도착했다.
그런데 감독이 달랑 한마디의 비수를 날렸다.
"너는 나이 들어 보여서 안 되겠다."
그가 원한 건 중학생 인물이었던 것이다.
'아, 이게 끝인 모양이구나! 떨어졌다!'
허무했다.
무거운 걸음으로 엘리베이터를 타고 내려가려다가 '이건 아닌
데' 싶었다.
뭐라도 해야 할 것 같았다.
"감독님, 저 머리 깎으면 되게 어려 보여요."
그의 눈이 동그래졌다.
이내 감독은 밤톨만 한 놈의 당돌한 말이 어이가 없었는지 피
식 웃었다.

다음 날,
입대하는 군인 몰골로 삭발한 채 방송국을 찾아갔다.

합격!

그렇게 시작된 연기, 데뷔작은 KBS의 1985년 작품 〈해돋는 언덕〉이다.

윤석화, 최재성, 김민자, 추송웅 등 당대 톱스타가 출연한 화제의 드라마였다.

이후 다양한 드라마에 큰 역할은 아니었지만 꾸준히 출연하게 되었다.

반응도 꽤 좋았다.

나 역시 뿌듯했다.

이제 어엿한 연기자로 성장해야지!

앞으로 난 배우다, 배우!

그런데…….

'이번엔 캐스팅 들어오겠지?'

'이제 드라마 들어오겠지?'

기다리고 또 기다렸다.

정말 극도의 인내심을 갖고 계속 기다렸다.

목을 빼고 기회만 오길 고대했지만 감감무소식이었다.

젠장, 마이너스 인생

평생을 배우로 살고 싶었다.
하지만 현실은 녹록지 않았다.
잡힐 듯 잡히지 않는 뜨거운 태양을 쫓는 느낌이랄까.

연기자라면 누구나 주인공을 하고 싶은 건 당연지사.
나 역시 마찬가지였다.
'잘할 수 있는데…… 저 배역, 왜 날 안 시켜준 거지?'
수많은 캐스팅 좌절 속에서 화가 치밀고 모든 게 원망스러웠다.

그나마 놀지 않아서 다행이라고 해야 하나?
고작 주어진 역할이라는 게 도령 또는 선비 혹은 행인 같은 것
뿐이었다.
그만 때려치워야 하나.
하루에도 열두 번 넘게 생각했다.
그럼에도 배우에 대한 미련을 버리지 못한 건 한 선배의 말 때
문이었다.

"주인공을 하고 싶다고 시켜줄 거 같니? 절대 못 한다. 준비가
되지 않은 사람에겐 절대로 기회가 오지 않아."

그때부터였던 것 같다.
나는 일이 있을 때나 없을 때나 한시도 대본을 놓지 않았다.
늘 혼자 중얼중얼 대본을 읽으면서 외우고 또 외웠다.
틈나는 대로 드라마를 보며 모니터하고 내가 출연하지 않은
드라마라도 보고 또 봤다.
언젠가는 내게도 기회가 올지도 모르니까 준비를 해놓고 싶
었다.

하지만…….
정말!
정말!
그 기회라는 놈은 좀처럼 오질 않았다.
결국 조연 몇 개 하다 군에 입대해버렸다.

군대를 제대하고 친구가 하는 록카페에서 주방 보조로 일했다.
방송 일이 워낙 없다 보니 어쩔 수 없이 선택한 궁여지책이었다.

집안 형편도 어려웠다.
갑자기 아버지가 돌아가신 후 가세는 급격히 기울었다.

용돈은커녕 대학 등록금조차 낼 수 없어 대출을 받아서 다녔으니까.

나는 늘 마이너스 인생이었다.
통장은 플러스가 된 적이 거의 없는 빈털터리!
마이너스 500만 원,
마이너스 600만 원…….

자꾸만 비참한 생각이 들었다.
무늬만 배우지,
드라마 캐스팅 소식조차 없었고,
번듯한 직장이 있는 것도 아니었으니까.
우울한 나날의 연속이었다.

집보다는 록카페에서 주로 먹고 잤다.
그러다 친구들과 어울리는 날이 많아졌고,
결국 하지 말아야 할 것에 손을 댔다.
바로 포커!
카드를 배운 거다.

처음엔 소소하게 재미로 천 원짜리를 했다.
그런데 하면 할수록 점점 판은 커졌다.

매일같이 포커로 밤을 새웠다.

그렇게 보내길 8개월여.

어머니가 사준 중고차까지 결국 도박빚 갚는 데 써버렸다.

1985년 KBS 드라마 〈해돋는 언덕〉으로 데뷔하여
〈전설의 고향〉, 〈태조왕건〉, 〈야인시대〉, 〈정도전〉 등에 출연했다.

첫눈에 반한 그녀, 박지영

록카페에 손님으로 온 그녀는 귀여웠다.
한국무용을 전공한다고 했다.

동그란 얼굴에 큰 눈에 흰 반바지에 흰 운동화,
그리고 파스텔 재킷을 걸친 그녀.

아내는 대학에서
한국무용을 전공했다.

만화 속 캐릭터 캔디 같았다.

지금의 아내 박지영을 그렇게 처음 만났다.

우리 둘은 곧장 연애를 시작했다.

서로 얼굴만 봐도 좋았다.

"지영아, 나 햄버거 하나만 사줘."

"오빠, 돈 없어?"

연애하는 동안 거의 아내가 물주 노릇을 했다.

겉으론 아무렇지도 않은 듯했지만 사실 쪽팔렸다.

폼 나게 두둑한 지갑에서 돈을 꺼내 예쁜 구두라도 턱 사주고

싶었다.

그런데 돈이 없었다.

그러다 보니 자꾸 아내를 피하게 되었다.

"오빠, 지금 어디야?"

"어…… 그…… 오빠 지금 한강 촬영장이야. 오늘 밤새울 거 같

아. 다음에 만나자."

결국 내 거짓말은 금세 들통이 나버렸다.

지영이가 내가 촬영한다고 한 곳에 와본 거다.

실망했다고 했다.

나는 당연히 볼 낯이 없었다.

'에잇! 젠장!'

"야! 너 같은 양아치를 좋아했던 내가 바보다. 안녕!"

결국 아내와의 연애는 4개월여 만에 끝났다.

연기자로 돌아갈래

정신이 번쩍 났다.

염병할!

연애도 일도 당최 되는 게 없네.

빨리 뭐라도 자리를 잡고 싶었다.

이렇게 내 인생이 쓰레기로 끝날 것인가.

될 듯 말 듯 계속 이런다고?

어쩌다 드라마를 한다 해도 몇 개월을 또 쉴 수 있다.

그러다 단막극 하나를 찍는다 치자.

일주일 정도 찍고 받은 돈은 200만 원.

무려 6개월을 기다리고 받은 돈이 그게 끝이다.

또 언제 차기작이 들어올지는 모르고…….

연예인은 기본적으로 내가 선택을 하는 게 아니라 선택받는

존재다.

많은 선후배가 그런 이유 때문에 늘 은퇴의 기로에 선다.

아무도 알아봐주지 않는 무명 연예인으로라도 남아 있느냐,
이 업계를 떠나버리느냐.
나는 후자를 선택했다.
일단 살고 다시 돌아오리라.

아내와 다시 만났다.
구애를 하고 결혼하려는데 처가의 반대는 생각보다 심했다.
"오빠, 사윗감이 백수면 좀 그렇잖아. 뭘 좀 해보면 어때?"
커다란 눈으로 내 손을 붙든 지영이…….
'애랑 결혼하면 난 잘할 것 같다. 날 잘 이해해주지 않을까?'

부부의 세계

매일 아침 7시 20분.
준댕이(준서 별명)는 아빠를 깨운다.
그러고는 나에게 짧은 한마디를 한다.
"아빠 배고파, 밥 줘."

내 모든 관절을 깨우고 적응하는 데 시간이 걸린다.
당최 나이는 속일 수 없다.
정신 나간 상태로 아침밥을 준비하고……
한순간 내 귀에 캔디가 아니라 아내의 잔소리가 연달아 꽂힌다.

아내: 국거리 고기를 구워주면 어떡해?
밑에 등심 있잖아. 뭐 하나 제대로 하는 게 없나?

나: (혼잣말) 참나, 냉동실에 뭉쳐놓은 괴기들 표시를 해놓든지,
아님 지가 하지……

나는 아침밥 대신 아내의 잔소리로 굶주린 배를 채운다.
아침밥 차리는 일 참 힘들다.

'늘 아침을 준비하는 대한민국 어머니들과 내 아내가
그동안 얼마나 힘들었을까' 생각하며
난 내일 아침도 준서 밥을 챙겨야겠다고 다짐한다.

마무리는 훈훈하게,
그래야 〈부부의 세계〉에서 편할 터!

가만히 보면 둘 다 어려움을 딛고 일어선 작품이다.
2016년 처음 열렸던 사진전 '삶이 꽃이라면 죽음은 뿌리다' 타이틀에서 보듯,
여러 악재와 함께 절벽 끝에 몰린 삶 속에서 새로운 희망을 찾고,
그동안의 경험을 스스로의 것으로 쌓으면서 이뤄낸 거라 생각한다.

아내는 내 인생의 열쇠

돌아보면 인생을 살면서 흔들릴 때마다 아내는 늘 현명한 빛이 되어주었다.

아내가 없었다면 난 진즉 무너졌을 것 같다.

아내는 늘 내게 든든한 버팀목이자 내 인생의 문이 닫혔을 때그 문을 열어주는 열쇠 같은 여자다.

뭘 해서 먹고살아야 하나……

방배동 일대를 돌아다니다 마침 망한 가게 자리를 발견했다.

당시 보증금 1,500만 원에 월세 40만 원이었다.

그 길로 부동산으로 가서 계약부터 했다.

어머니가 집을 담보로 대출해준 돈으로…….

포장마차 주인, 전직 탤런트입니다

포장마차를 시작했다.

야심차게 오픈식까지 거하게 했다.

그런데,

하루 매출 5만 원이라니!

매상이 엉망이었다.

이러다간 어머니 집마저 날리겠다 싶었다.

배우라는 게 사실 누군가가 안 불러주면 일을 못 하는 직업이 잖나.

많은 선후배가 그런 이유로 업계를 떠났다가도 다시 또 부름을 받고 심취해서 연기한다지만.

그렇게 살다 보면 20~30년이 훅 간다.

아무도 알아봐주지 않는 무명 연기자로 남지 않을까 걱정이 되는 것!

그래서 포장마차를 시작한 건데…….

안 되겠다 싶었다.

작전이 필요했다.

궁리한 끝에 전단지를 만들었다.

사극 때 입었던 왕의 복장의 내 사진을 넣고 심혈을 기울여 문구도 넣었다.

'주인 이광기, 전직 탤런트, 아역 출신이 힘들어 포장마차를 열었으니 도와주세요.'

양복을 차려입었다.

서류 가방에 사탕과 전단지를 잔뜩 넣고 온 동네를 누볐다.

직장인들이 점심 식사를 하기 전 오전 11시부터 오피스텔 단지를 돌아다니며 전단지를 돌렸다.

체면이고 나발이고 일단 돈을 벌어야겠다는 생각뿐이었다.

싱싱한 재료로 승부를 보겠다고 가락 수산시장에서 재료를 사왔다.

마지막까지 손님을 기다린다는 생각으로 새벽까지 가게 문을 열었다.

결과는 대성공!

포장마차는 다행히 잘됐다.

일 평균 80만 원.

하루 매상 5만 원에서 150만 원으로 껑충 뛰었다.

주방 아줌마, 나, 아르바이트생까지 총 세 명이 하루 12시간씩
일했다.
그렇게 3년을 정신없이 일만 했다.
그때 번 돈으로 어머니에게 빌린 돈도 갚고 결혼 자금도 마련
할 수 있었다.

드라마 〈인수대비〉로 컴백

3년간 운영했던 포장마차는 연예인, 감독 등 수많은 방송 인맥
들의 아지트였다.
업계의 소식을 제일 빨리 들을 수 있는 공간이기도 했다.

하루는 인연이 있던 드라마 감독이 포장마차로 찾아왔다.
"광기야 언제까지 포장마차할래? 드라마하자."
솔깃했다.
포장마차로 좀 지쳐 있던 내겐 단비 같은 제안이었으니까.

감독이 제안한 드라마는 〈인수대비〉였다.
게다가 역할도 욕심이 났다.
배우 채시라의 남편 도원군 역할이었다.

드라마 〈인수대비〉에서
도원군 역을 맡은 나

물론, 고민을 안 한 건 아니다.

이번에 드라마를 해도 다음 차기작이 또 없을 수 있지 않나.

포장마차를 갑자기 운영 중단을 할 수가 없어서 드라마 촬영
과 병행했다.

그런데 너무 힘들었다.

결국 포장마차를 때려치웠다.

〈인수대비〉는 시청률도 좋았다.

나에 대한 반응도 엄청 좋았다.

나는 앞으로 열심히 해보리라 마음먹었는데,

사실 주변에서도 기대가 컸다.

하지만 허황된 꿈이었나 보다.

차기작 캐스팅으로 이어지지 않았으니까.

이놈의 프리랜서 인생.

젠장,

못 해 먹겠다!

36년 차 배우 이광기

물론 이 바닥은 그저 끝까지 오래 버티는 놈이 최종 승자다.
그런데 버티는 게 쉬운 일이 아니지 않나.
누구 말대로 가만있어도 나가는 돈이 있고 움직이면 돈인 세상,
벌이 없이는 존재 이유가 없잖나.

이후 아는 형이 투자를 해줘서 매니지먼트도 운영한 적이 있다.
신인 연기자들을 발굴하고 연기 선생님도 했다.
지금 이름만 대면 알 만한 두 여배우를 키웠다.
신인 때 발굴해서 열심히 성장하는 후배들을 볼 때면 나 역시
뿌듯했다.
마치 내가 잘나가는 배우가 된 듯하다.

이후 〈태조 왕건〉으로 다시 복귀했다.
그 덕일까.
데뷔한 지 무려 15년 만에 신인 연기상을 받았다.
그런 다음부터는 운이 좋게도 각종 예능 섭외가 들어왔고,

드라마와 더불어 예능까지 다양한 탤런트를 선보였다.
그렇게 열심히 방송국 들락거리기를 올해로 36년째다.

배우들은 꼭 한 번 제대로 된 악역을 해보고 싶다고들 한다.
나 역시 그렇다.
사실 연기를 하면서 제대로 된 악역을 맡은 적은 없다.
물론 〈태조 왕건〉에서 맡은 '신검'이 악역이긴 했지만,
뭔가 새로운 악역의 영역에 욕심이 난다.
사회적 타당성과 도덕성을 갖고 있으면서 마음의 상처가 있는
인간적인 악역 한 번쯤은 해보고 싶다.

끼 많은 남자

지금 내가 제일 좋아하는 공간은 파주의 스튜디오 '끼'이다.
내 이름 '광기'를 따서 'KKI'라고 지었다.
'끼'라는 게 기질이자 재능이잖나.
끼 있는 사람들이 모이는 공간에서 '끼'를 받아 가라는 의미다.

방송과 연기 그리고 예술을 워낙 사랑하다 보니 아예 이런 공간에서 살면 어떨까 했다.
그렇게 시작된 이곳은 사실 이름뿐 아니고 설계부터 인테리어까지 직접 한 복합문화 촬영 공간이다.

'끼'는 여러 분야의 사람들과 협력할 수 있는 공간인 동시에 수집한 작품들을 전시하거나 신진작가의 기획전을 열고 자선 경매를 진행하는 곳이기도 하다.
사실 이 스튜디오를 유지하는 데 비용이 만만치 않아서 각종 촬영 공간을 대여하는 사업도 함께하고 있다.

이 공간을 만드는 데 많은 분이 도와주셨다.

지금껏 끊임없이 나와 좋은 관계를 유지하고 있는 친구(?)가 있다.

그 유명한 대출이라고……

이 친구가 끊임없이 도와주고 있다.

요즘 이 친구가 이자를 참 많이 가져가긴 하지만…….

내 부케는 유튜버

내가 가장 잘할 수 있는 게 무엇인지 고민했다.

가장 자신 있는 것!

역시 평생을 업으로 해온 방송이었다.

그래서 고민하다 유튜브에 〈이광기의 광끼 채널〉을 오픈했다.

게다가 수년 전부터 취미로 미술품을 수집해왔는데, 취미 활

동을 하면 할수록 대중이 좀 더 쉽게 미술품을 이해할 수 있으면

방송 활동 외에도 아트 행사, 전시회 등 나에게 주어진 일에 최선을 다하고 있다.

좋겠다는 생각이 들어 라이브 '미술 경매쇼'도 진행하고 있다.

말 그대로 '예술 저변 확대'라는 꿈을 담고, 마치 예능 프로그램처럼 가볍고 쉽게 접근할 수 있는 미술을 보여주고 싶었다.

또한 예술가와 자연스럽게 노는 모습을 보여주면 누구나 부담 없이 웃으며 즐길 수 있지 않을까 싶었다.

"그림을 왜 좋아하세요?"

사람들은 가끔 내게 묻곤 한다.

그중엔 사치스러운 취미 아니냐고도 반문하기도 한다.

사실 나의 그림 사랑, 예술 사랑은 꽤 오래전부터 시작되었다.

초등학교 3학년 때까지 아버지는 고물상을 하셨다.

그 때문에 집에는 꽤 진귀한 물건이 많았다.

인근에 사는 김구 선생님 유족으로부터 족자, 궤짝, 지팡이 등을 받아 오기도 하셨다.

그걸 놀이터로 삼고 자라선지 오래된 물건이나 문화예술 컬렉션에 늘 관심이 많았다.

매일 넝마 형들이 수집해 온 산더미처럼 쌓인 골동품들이 기억난다.

어머니는 내게 항상 말했다.

"이 궤짝은 백 년 된 거야. 이거 하나만 갖고 있으면 연립주택 하나 살 수 있어."

사실 미술과는 다소 거리가 있던 내가 미술 작품에 관심을 갖게 된 건 결국 이런 환경을 만들어주신 아버지 덕이다.

이후에도 미술과 사진 등 예술을 접할 기회가 많았다.
그런데 잘 모르게 조용히 즐겼던 것 같다.
그러다 내가 즐거운 일을 남들과 함께 나누고 싶다는 생각이 들었고, 이걸 통해 누군가를 도울 수 있다는 점에서 더 적극적으로 관심 갖고 일을 벌였다.

나는 그림 앞에만 서면 가슴이 두근거리고 설렌다.
그림을 보고 있으면 뭔가 현실엔 존재하지 않지만 그림 속에서는 가능할 것 같은 무한한 상상력이 최대치로 발현된다.
그렇게 미술품 수집이 시작되었다.

주로 신진작가들의 미술품을 샀는데 작가들과 소통하면서 하나둘 수집에 열을 올리게 됐다.
이후 시간이 날 때마다 작품 감상을 하며 여가 시간을 보내곤 했다.

이광기의 작품, Pin project No.1

인생이라는 복잡한 지도에 단단한 핀을 꽂다!
여러분은 새해 목표와 방향을 정하셨나요?
삶의 방향과 목표가 없을 땐,
희뿌연 안개 속을 걷는 듯한 느낌이 듭니다.
10여 년 전 저 또한 그랬습니다.
한 치 앞도 분간할 수 없는 어두컴컴한 상황에서
길을 잃고 정처 없이 헤매었어요.

임진각 평화누리공원에는 '피스핀'이라는 작품이 있다.
목적지를 표시하거나 중요한 메모에 꽂아두는 핀에서 영감을
받아서 방향과 목표의 중요함에 대해 알리고자, 더 나아가 희
망과 평화를 전하고자 내가 2018년에 출품한 작품이다.

평화의 시작이 이곳에서,
목적지를 표시하고 중요한 기억을 위해 우리는 핀을 사용한다.
나아가 표류하는 사회의 인류가 지금 서 있는 현재에 초점을
맞추고자 한다.
분단에서 통일로, 여기 평화의 핀을 고정한다.

예술과 나눔, 까짓것!

세상에 예술가가 존재하는 이유를 뭐라고 생각하는가.
물론 많은 이유가 있겠지만 나는 '밝은 세상 만들기'라고 생각
한다.

특히 순수 예술 쪽은 대중문화 예술과는 좀 달라서 약간 폐쇄
적이고 자기중심적이고 작가주의적 세계라고 본다.

그런데 나는 그런 생각에서 더 머물러서는 안 된다고 본다.
지금은 21세기 아닌가.
그런 낡은 생각은 걷어내야 한다.
에코를 강조하고 나눔을 실천해야 복 받는 사회 아닌가.

요즘 만나는 화가들마다 나는 꼬드기고 있다.
"고아원, 양로원에 가서 예쁜 벽화 좀 그리고 오자."

삭막한 담벼락에 아름다운 벽화를 걸면 얼마나 좋겠는가.

(왼쪽부터) 유충목,
최은정, 윤위동, 김윤경,
조원경 등 다양한 분야의
아트 작가들과의 만남은
늘 즐겁다.

문형태 작가(오른쪽)는
나와 아이티 봉사도
함께할 만큼
인연이 꽤 깊다.

(오른쪽부터) 김명정,
이세현 작가와 함께

아이들은 아이들대로,

노인들은 노인대로,

그림을 감상하고 심지어 함께 그릴 기회까지 주어진다면!

그것만으로도 현재의 팍팍했던 삶보다는 조금 더 안정감과 편안함을 느끼지 않을까?

생각해보라.

어느 양로원에 가면 피카소 그림이 있더라!

어느 유명작가의 그림이 있더라!

얼마나 좋은가?

기분 좋은 상상이 아닐 수 없다.

그런 차원에서 예술과 나눔을 함께할 다양한 아이템을 늘 찾고 있다.

솔직히 재능기부라는 게 별것 아니더라.

예전부터 가족들과 자주 주말에 인사동 거리로 나들이 가곤했다.

아내와 석규, 연지도 작품 감상하는 습관을 들였더니 좋아했다.

아마도 미술이 우리 가족을 하나로 묶는 매개체 같은 역할을 했던 것 같다.

늘 행복하고 즐거운 상상을 하게 되었다.

한국의 키스헤링

몇 년 전 유명 시계 브랜드 디자인에 참여한 팝아트 작가 키스헤링의 작품을 본 적이 있다.
그는 문맹 퇴치와 반핵 그리고 공공서비스 캠페인에도 적극적인 아티스트로, 존경할 만한 작가라고 생각한다.

자신의 재능을 어려운 학교에 선물했고, 그게 어마어마한 금액이 됐으니 참 좋은 일이지 않나.
예쁜 그림으로 아이들에게 기쁨과 행복을 줬으니까 그 또한 감사한 일이고.

무엇보다 사회 공헌은 너무나 존경스러운 수준이었다.
나 역시 조금이나마 힘이 된다면 그런 일들을 더 많이 해보고 싶은 게 꿈이다.

배우는 모든 길로 통한다

배우란 모두와 함께하는 교감의 예술가이지 싶다.

철저한 역할 분석과 함께 상대와의 호흡을 자연스럽게 이어가면서 임팩트를 드러내는 것이 극도, 상대도, 자신도 돋보일 수 있는 길이니까.

처음 배우를 시작했을 때나 지금이나 변함없는 이 생각은 나의 또 다른 활동에서도 그 궤를 같이한다.

수년째 진행 중인 아트쇼나 기부 등도 역시 무대 위 카메라와 조명만 없을 뿐 현실이라는 무대에서 사람들과 교감하며 '사랑과 나눔을 실천하는 이광기'의 역할을 충실하게 수행하고 있다.

물론 배우 이광기로서 더 좋은 역할로 시청자들과 완전히 교감하고 싶은 꿈은 여전히 품고 있다.

드라마로 시작한 나의 연기 인생은 지금도 계속되고 있으니,

곧 좋은 작품으로 시청자들을 만나길 기대한다.

사실, 내 아들 석규는 내가 배우라는 걸 몰랐다.
그냥 방송에서 재밌게 얘기하는 사람 정도로만 알고 있었다.
내가 연기하는 모습을 본 적이 없으니 어찌 보면 당연하다.

그래서 염원한다.
하늘로 떠난 석규가 아빠 연기하는 걸 볼 거라고 믿기에 한 번도 제대로 해보지 못한 악역 연기를 여봐란듯이 해내고 싶은 꿈이 있다.

계획하지 말고 순리대로 가라

성경에 이런 구절이 있다.

'사람이 마음으로 자기의 길을 계획할지라도 그의 걸음을 인도하시는 이는 여호와시기에(잠언 16장 9절).'

사람은 계획까지만 할 수 있을 뿐 정작 그 발걸음을 인도하며 그 일의 성패를 주관하는 것은 내가 아닌 것이다.

물론 사람에게는 자유 의지가 있어서 무엇이든 생각할 수 있고, 또 스스로 자기의 인생을 설계하며 계획한다.

그러나 뜻하고 계획하고 내 의지를 발동해서 노력하고 공을 들인다고 해서 내가 원하는 모든 것이 다 성사되는 건 아니다.

어쩌면 오히려 더 많은 경우, 내 바람과는 전혀 다른 방향으로 나가거나 아예 실패로 끝나기가 일쑤다.

왜 그럴까?

사람은 계획까지만 할 수 있을 뿐 정작 그 발걸음을 인도하며 그 일의 성패를 주관하는 것은 내가 아니기 때문이다.

많은 사람이 이 사실을 간과하거나 모른 채로 살아가며 자주
실망과 좌절에 빠진다.

이 사실을 깨닫고 난 이후부터 나는 목표를 정해놓고 계획을
세우지 않는다.
'계획'은 '욕심'이라는 생각이다.
계획하는 순간부터 욕심이 시작되는 것!

계획하지 말고 순리를 따라가라!
네가 계획한다고 되는 게 아니니 너의 진정성을 보여라!

내가 당신을 만나지 않았더라면

돌아보면 지금의 내 길은 운명이었던 것 같다.
예전보다 더 단단해진 나를 얼마나 더 크게 하나님이 사용할
지는 모르겠지만…….

내가 하나님을 만나지 않았더라면 항상 기뻐할 수 있었을까?
내가 쉬지 않고 기도하지 않았더라면 우리 막내 준서가 태어
날 수 있었을까?
나에게 감사함이 없었더라면 지구 반대편 아이티에 학교를 지
을 수 있었을까?
지금처럼 아름답게 세상을 바라볼 수 있었을까?

이게 바로 하나님의 마음이기에 세상을 살아갈 힘이 된 것 같다.
사실 10여 년 사이에 내 삶의 방향과 목표가 완전히 바뀌었다.

얼룩진 가슴에 눈물을 묻게 한 꽃,
내 아들 석규를 당신께 보낸 후 바로 당신을 만났기에!

나는 절대 후회하지 않으며 절대 뒤돌아 가지 않을 것이다.
나의 길을 갈 것이다.

사람들에겐 누구나 각자의 길이 있다.
물론 그 길이 순탄하지 않을지도 모른다.
그리고 심지어 나아가면서 의도치 않은 길들도 자꾸 보일 것
이다.
나는 올바른 길로 가려 하지만 변수가 생길 것이다.
이것이 인생이다.

순탄치 않은 길…….
여태 걸었고 앞으로도 그럴지 모르지만,
나는 이 길을 지혜롭게 헤쳐나갈 것이다.
내 아내 지영이가 있고,
우리 석규와 연지 그리고 준서가 함께하니까.

우리 가족,
사랑해!

아내와 함께 미술관에서

언제나 내게 웃음을 주는
딸 연지와 막내 준서

나의 가족사진

아내와 첫째 연지, 둘째 석규, 막내 준서까지,
우리 다섯 식구의 가족사진을
나는 항상 지갑 속에 넣고 다닌다.
가족사진을 만들 때 석규의 빈자리를
그냥 두고 싶지 않았다.
석규는 항상 우리와 함께 있으니까.

소중한 사람과 '눈맞춤'을 하다

'눈빛만 봐도 안다'는 말이 있다.

'눈'이라는 맑은 창을 통해 마음의 대화를 나눌 수 있다.

상대의 마음을 느낄 수 있는 가장 단순하고 강력한 방법은 '눈 맞춤' 아닐까?

누구나 실수를 하게 마련인데, 그럼에도 나 자신과 눈맞춤조차 하지 않는다.

내가 가는 길이 올바른 길인지, 나 자신과의 눈 맞춤을 통해 스스로 되물어야 한다.

몽골에서 마주한 길을 떠올리며 나는 내가 가는 이 길이 올바른 길인지 되묻곤 한다.

요즘 우리는 스마트폰이라는 기기를 마주하면서 보내는 시간이 더 많다.

사람의 눈빛을 마주하며 진심을 나누는 시간을 많이 갖지 못한다는 것이 참 안타깝다.

어느새 겨울이 다가왔고 점점 더 추워지고 있다.

주위를 둘러보고 서로를 마주하는 따뜻한 시간을 더 많이 가졌으면 좋겠다.

그 누구에겐 너무나 춥고 외로운 겨울이 될 수 있다.

눈맞춤만으로도 세상에서 가장 따뜻한 정을 나눌 수 있을지 모른다.

모두가 따스함을 느끼는 겨울이 되길!

Special Thanks

이 책을 준비하면서 보지 못했던 것을 볼 수 있게 해주시고 헤매던 삶의 방향을 잡아주신 하나님, 진심으로 감사합니다.

힘든 시절부터 성경 말씀과 묵상으로 우리 가족을 위해 늘 기도해주시고 월드비전까지 연결해주신 정애리 선배님, 감사합니다.
자선 미술 전시를 할 때마다 눈물로 응원해주시는 김혜자 선생님, 감사합니다.
정신적으로 지쳐 있는 많은 연예인에게 하나님의 사랑을 전하고 우리 가족 흔들리지 않게 붙잡아준 이성미 누나, 감사합니다.
연예인 연합예배 가족들께도 감사의 인사 전합니다.

웃지 못할 때 나를 웃게 한 친구야!
옛날의 그 모습으로 돌아오라고 회유하는 친구야!
예전의 삶도 즐거웠지만 이제는 보지 못한 곳을 보는 것이 더 행복하네.

구라야, 앞으로도 같이 가보자!

항상 우리 가족을 위해 기도해주시며 나를 비롯하여 수많은 연예인의 예수 사랑 길잡이가 되어주시는 베이직교회 조정민 목사님께 감사드립니다.

나와 하나님의 첫 간증을 세워주시고 한없는 눈물로 아버지 사랑을 느끼도록 축복의 기회를 만들어주신 의정부 광명교회 최남수 목사님께 감사드립니다.

10년 동안 자선 미술 전시 및 경매 출품을 해주신 작가님들께도 진심으로 감사드리며, 앞으로 한국미술 작가님들의 나팔수가 되어 빛이 날 수 있도록 더욱더 노력하겠습니다.

아버지 같은 문화유산국민신탁 김종규 이사장님, 슬픔의 늪에서 헤맬 때도 끝없이 모임으로 이끌어주시고 무엇보다 25년 동안 문화예술로 이끌어주심에 감사합니다.

마지막으로
가족이자 동지인 나의 아내 지영이,
큰딸 연지, 막둥이 준서, 그리고 장남 석규!
우리 앞으로도 더욱 사랑하며 열심히 살아봅시다.

내가 흘린 눈물은
꽃이 되었다

초판 1쇄 인쇄 2021년 1월 4일
초판 1쇄 발행 2021년 1월 12일

지은이 | 이광기
펴낸이 | 박찬욱
펴낸곳 | (주)다연
주 소 | 경기도 고양시 덕양구 은빛로41, 502호
전 화 | 070-8700-8767
팩 스 | 031-814-8769
이메일 | judayeonbook@naver.com
기 획 | 박지은
편 집 | 미토스
본 문 | 디자인 [연:우]
표 지 | 강희연

ISBN 979-11-972921-0-1 (03810)

※ 잘못 만들어진 책은 구입처에서 교환 가능합니다.

이 도서의 국립중앙도서관 출판예정 도서목록(CIP)은 서지정보유통지원시스템 홈페이지
(http://seoji.nl.go.kr)와 국가자료 공동목록시스템(http://www.nl.go.kr/kolisnet)에서
이용하실 수 있습니다. (CIP제어번호: CIP2020055414)